語文競賽系列叢書01　洪傳宗 主編

國語演說

——國賽潛規則——

胡蕙文
洪傳宗
著

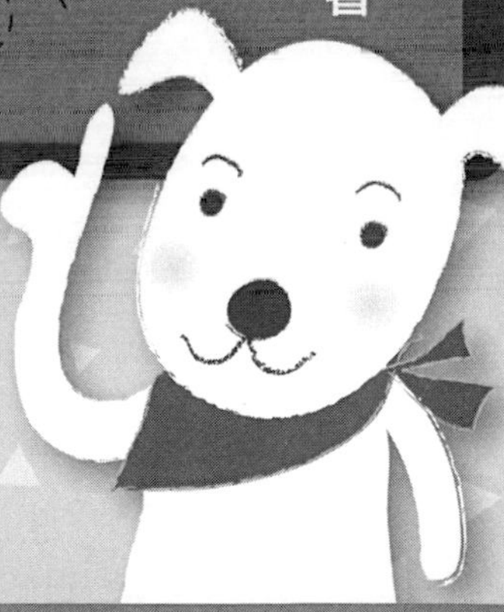

專業必備
國語演說工具書
名師推薦

演說金牌推手　胡蕙文、洪傳宗 著

陳光憲｜德明財經科技大學前校長，中華學術文教基金會董事——推薦

張正男｜國立臺灣師範大學國文系退休教授——推薦

張秉庸｜崇德學院人事暨行政主任——推薦

雄赳赳 氣昂昂的演說健將

民國五十年代，初執教鞭，我勉勵自己做一個人性的工程師，把最好的思想、最精湛的技能、最純潔的品德，無私的注入學生的心中、讓下一代的生命更幸福、更豐富美麗。

擔任語文教師，我鼓勵學生培養坐下來能寫、站起來能講的表達能力，兼任訓育組長之後，培訓學生參加各項語文競賽是我責無旁貸的責任，從此我陶醉在語文的培訓與競賽之中，多元競賽的演說與辯論是我的最愛，與我結緣最深、最久，無論擔任主任、研究所所長、校長，以迄退休，培訓指導工作從不間斷。

早期我培訓的學生，有的成為知名記者、知名主播，如李傳偉、唐杲田、李家德、方怡文，還有擔任各大學中文系、華語系主任、研究所所長，如鍾雲霙、彭尼絲、林梅琴等，還有擔任佈道牧師、空中少爺、空航小姐，旅美的楊愛倫也因口才便捷當選美國紐約州眾議員。

擔任臺北市立教育大學教職時，教育局邀我與賴明德、張正男、蘇蘭老師共同培訓北市各組第一名參加全國語文競賽，締造無數輝煌佳績。

演說培訓典禮中，總有一位雄赳赳、氣昂昂引人注目的人，他就是傳宗。他的氣質風度與人不同，傳宗身分特殊，公務繁忙，像是一條遊龍，飄忽不定，每次出現時又表現得很誠懇、很認真，有強烈的企圖心和使命感。他是一位具有實力的演說健將。

傳宗與蕙文征戰累積多年的實戰經驗，他們的才華得到許多縣市主辦單位的肯定和賞識，聘為培訓講座及評審老師。

日前，我與傳宗在臺北市同場評審演說決賽，他告訴我正與蕙文老師合作著作《國語演說國賽潛規則》，希望我撰寫推薦序文，我欣然同意。

這本著作與坊間演說著作最大的區隔與特色是實戰經驗的心得和愛之深的體貼叮嚀，對於初次參加全國語文競賽演說組的教師學生及社會人士有難能可貴的助益，的確是「正向能量的教戰手冊」，值得出賽學員一讀再讀。

陳光憲 序於臺北市明水寓所 107 年 01 月

現任臺北市議會最高顧問、德明科技大學講座教授；全國語文競賽評判委員，曾任臺北市立教育大學副校長、應用語言文學研究所所長、德明財經科技大學前校長。

身歷其境者的經驗談

演說是「以口語向群眾說明事理、發表意見、傳達感情」的傳播行為。

在民主開放的社會裡，有關公眾的事務，理應透過「公決」的過程來決定，無論公決的方式是舉手表決、起立表決、分立表決、唱名表決或投票表決，最不合理的是「盲目表決」；要避免盲目表決，可以在聽證會、辯論會、宣導、討論中，藉由演說提供足夠的資訊給參與表決的每一個人，以避免其資訊不足、瞭解不夠的流弊。因此，有人說「演說」是民主政治成功的重要條件，不無道理；梁啟超（1873～1929）在其《新中國未來記》裡對演說的神奇更有精彩的描述。

由於演說的內涵是一種「運用口語、面對群眾」的行為，而其功能則是「說明事理、發表意見、傳達感情」，可以影響群眾、號召群眾、領導群眾；所以高瞻遠矚的教育家都選定演說為菁英教育的課目、領袖養成的要項，例如：古希臘的西塞羅（Cicero B. C. 106～B. C. 43）、坤體良（Quintilian 35A. D. ～95A. D. ），都把演說能力列為重要的教育內容。而我國也有多位現代教育的先驅，特別重視培養學生的演說能力。例如：蔡元培（1868～1940，我國第一任教育總長，現代教育制度創立者）於1901年任南洋公學總教習時，就曾引領學生成立「演說會」，定期輪流學習演說。馬相伯（1840～1939，曾創辦震旦學院、復旦公學）在其創立的復旦公學章程裡明確規定：「每星期日或星期六下午開演說會」，他讓學生練習演說的具體做法是：「先由一人登臺講演，然後輪流推舉學生中一二人加以批評，使他們各人發揮自己的意見，互相觀摩」。張伯苓（1876～1951,曾創辦南開中學、南開大學）在私立南開中學積極鼓勵學生參加演說活動，學生在自己課室裡練習演說以外，還成立社團組織；更把演說當作重要活動，舉辦全校性的演說比賽，優勝者給獎。他們的做法雖然不一樣，卻都重視學生的演說能力。至於語文教學者的老師，本來可以把演說當作訓練口語表達能力的方式、評量學習者語文學習成果的手段，然而卻因為教學與練習的過程難以留下紀錄，無法提供具體物件給監督者（督學）檢覈，又因為成績的量化不符合世俗的客觀標準，所以始終鮮有人採行。

很意外的，國語演說比賽在臺灣，名稱雖有臺灣省賽、臺灣區賽、全國國賽之異，卻能夠歷經七十年未見衰歇，這項競賽從地方基層到全國大賽，逐級淘選、晉級，具備高度的普遍性、代表性與榮譽性，成為歷久彌新的重要活動。早期的國語演說比賽，是推行國語的工作之一，其獎勵不僅給予優勝的參賽者及其指導教師，還擴大到校長、地方教育行政主管（教育局長、科長），從這一點就可以看出領導國語推行工作者支持國語演說比賽，具有驗收成果的用意。如今的國語演說比賽，既是參賽者揚名立萬的舞台，演說術喜愛者檢驗成果的試金石，也是望女成鳳、望子成龍的父母，藉以激發子女潛力，啟迪子女領袖才能的有效方式。

任何競賽活動必須有其規則，競賽的規模越大、參賽者越多，其規則就必須越周延細密。但是除了明文列舉「必須、可以、不得」等等的條文以外，還有一些歷年沿襲的習慣作法，這些隱藏於背後的「內部章程」，除非親身體驗、特別注意的人，無從知道、無法理解，這就是本書所指稱的「潛規則」；知道這些潛規則以後，可從而獲取應得的利益，以提高得勝的機率。

胡蕙文與洪傳宗兩位老師參與演說競賽多年，一路走來歷經競賽員、指導老師、評判委員的不同身分，對於演說競賽的瞭解相當深刻；兩位老師所共同執筆的《國語演說國賽潛規則》，確實是身歷其境的經驗之談；不只是準備參加全國語文競賽的重要參考資料，也是身負指導職務的老師值得取法的葵花寶典。

僅將拜讀此書的心得，以及對於演說活動的粗淺瞭解，略述數語供大家參考。

國立臺灣師範大學國文系退休教授

張正男 107.01

在不經意間迅雷不及掩耳地蛻變

拜讀完傳宗兄與胡蕙文老師的大作，勾引起深蟄我心中的回憶，那些年我們一起征戰的日子，一起刮垢磨光的時光，一起面對腸枯思竭的困境與一起上台風光領獎的盛況。這一切，若非身在其中，實在無法意會。曾為敗北而黯然淚下，曾經表現不佳而搥胸頓足，曾因進入國賽前六而雀躍不已，那歡笑收割的場景，若非苦修苦煉，實在無法實現。

傳宗老師邀請我為本書寫序。我不加思索立刻應允，有幸共襄盛舉。洪老師一直是我學習的對象，他有幾點是我一輩子也無法跟上的。首先，是他的幽默感，信手拈來，皆成妙語，他在的場合總是笑聲連連；其次，是他的反應能力，膽識大，思辨能力異乎常人，能隨境應機，能見風轉舵，能遇人變題，若非常年歷經險境磨鍊，大處著眼，小處著手，實在無法登此境界。最後是他的態度，豐富的知識自然不在話下，他的敬業態度、處事態度、與人應對態度，是少人能與之並駕齊驅。親切的態度，上自校長，下至工友，莫不敬愛有加。他圓融十方，他八面玲瓏，是我之友朋中獨一無二。相信，此書在他的投入之下，必定遍地開花，結實纍纍，成為國語演說薪傳中，閃著熠熠光輝的瑰寶。

此書，是洪老師與胡老師共同的作品，內容面向完備，清楚地為有意參加國賽選手，指引出一個明確的方向。相信此書一出，將被參加國語演說者奉為聖經，也必定是指導國語演說老師們的寶典，人人視為準則，奉為圭臬。此書，不但如實記載洪、胡兩位老師爭戰的經驗；鉅細靡遺的將比賽的注意事項交代的清清楚楚；大自講題分析、撰稿方向、比賽規則。小至評審喜好、選手穿著髮型、走位、表情，無不解說得明明白白。心思縝密，連微小的細節都不放過。難怪名師出高徒，他們所指導的學生，連戰皆捷，他們所指導的縣市所向披靡。如今，他們沒有保留一步，全盤托出，不為一己之私，而是著眼於語言的傳承，如此胸懷行誼，足以銘於府志之中，流傳後世典範。

語言是我們的根，是祖先智慧的結晶，唯有傳承，才能歷經萬年不衰；唯有教育，才能讓後世子孫穩穩接棒。今日，我有機緣為此書寫序，作為代言，盼讀者能廣為宣說，方不負兩位師者之託，在書本付梓之前，深發感受以序。

崇德學院人事暨行政主任

張秉庸 謹誌

贏在起跑點，戰勝第一線

杜鵑未歇，榕冠爭盛。日復一日的驕陽下、和風中，語文就在不經意間，以不及回溯的倩影成長與蛻變，在嶄新與多元的風貌中呈現曼妙的體態。絢麗繽紛的全國語文競賽不僅是教育界的大事，更是濃縮臺灣各族群風情的盛事。對於語文文化的重視與保存，我們不敢稍有懈怠，所以催生了語文競賽系列叢書，也感恩有大家的督促與參與，一同攜手灌溉語文恢弘的園地。

首部《國語演說國賽潛規則》的誕生，揭示了我們啟動這一系列叢書的里程碑。耑此，除了對戮力保存語文的各界先進致上敬意與鼓勵；也期待透過這一系列叢書的觀摩與交流，讓語文的優美聲韻和文化內涵能更加獲得推廣、重視並且綿延傳承。

本書兼顧語文競賽各個層面，期待能全方位展現語文的豐富底蘊。正如政府對於教育、文化的耕耘，不僅廣設競賽項目；也透過國小、國中、高中、教育大學、教師、社會組等面向，用豐沛的行動力植根基層。冀望透過各位老師的協力與編輯團隊專業的參與，讓語文競賽系列叢書進一步成為兼具人文藝術、冶煉涵養、內外兼具的首選。

語文競賽系列叢書主編

洪傳宗 謹識

前言

正所謂「外行看熱鬧、內行看門道」，又是一屆全國語文競賽熱熱鬧鬧地落幕了。自然又有幾家歡樂、快樂領獎的模樣，但是，每一組競賽的二十八位選手中，能風光上台領獎的只有六位，其餘的二十二位選手呢?想必有些不甘心與失落。某天大夥兒閒談之中，提起了那失落感頗重的選手們，其中有許多人不知道為什麼自己會敗下陣來?基於多年擔任國賽指導老師的經驗，我很自然地開始條分縷析了起來；突然有人起了個靈感，慫恿我寫篇「全國語文競賽的潛規則」，就算介紹些門道給選手們與未來可能會成為選手的一群人做為參考。於是，就有了這麼一本書。

先說全國語文競賽的由來

每一年，教育部會針對各領域的菁英選手，辦理一場由官方主辦、認證的全國性比賽；全國科學展覽、全國各級學校運動會、全國音樂、舞蹈比賽、全國美術展覽以及全國語文競賽。

語文類的競賽本就不多，官方主辦的更是每年僅此一回，所以也成為語文教育領域的盛事。要想冠以「全國」二字，當然要有完整的各區賽、初賽、複賽、縣市級比賽、全國總決賽等程序；選手的選拔也有一定規模。於是，各個學校先辦理校內比賽，由各班老師推薦班上優秀學生參加，有時在班級裡就先辦了小型的班內競賽；在得到校內比賽第一名之後，才能代表學校參加縣市內的區賽；區賽得到前二名的選手，才有幸參加縣市政府舉辦的比賽，最後，每縣市的第一名，才拿得到進入全國賽的門票，成為全國語文競賽的選手。

可想而知，參加全國賽的選手都是歷經層層關卡、過關斬將拿了多次的第一名才得以脫穎而出，想必屬「菁英」等級，要想在眾多菁英中廝殺達陣，獲得全國賽前六名的榮耀，誠屬不易，但也並非難如登天，畢竟，擺明了就有六位優勝者上台領獎啊！

這中間，自然有些比賽訣竅、也是潛規則的一部分，筆者基於多年擔任市賽選手與全國賽選手的指導老師，在此將訓練與觀察心得和大家分享。如果你曾經參與過這一系列比賽、卻難窺堂奧；如果你將要參加這一系列比賽或正在訓練學生、自己的子弟，以下所言應該可以讓你更清楚明白如何就戰鬥位置，做好準備。

目錄

第一章

緣起

一、演說是要激發眾人的正面能量

二、演說是口說作文

三、走位

全國的國語文競賽若要追溯源頭，可追溯自民國 35 年起，而鄉土語言的區塊，則是從民國 87 年之後也開始正式的納入了全國語文競賽的比賽項目之中；直至民國 96 年起，鄉土語言競賽項目的比賽成績才併入團體總成績的計算。對於競賽激烈的全國語言競賽是否具備了實質的意義，各家自有見解。然而全國語文競賽後期又陸續的增設了閩南語以及客家語的朗讀比賽等項目，我們相信，全國語文競賽若能落實於地方，並逐漸發揚各項競賽，獲得全國各縣市政府的重視與推廣，對教育與未來語文能力的提升將能有更多的幫助。

蕙文有幸恭逢其盛，並在諸多前輩貴人的推手下，從參賽選手、指導老師、評審等不同的角色一路走來，有感於選手、指導、評審之立場與所見角度的不同，每到比賽接近，選手們的準備總無法切中靶心，更有部分縣市因資金缺乏或其他因素，無法提供參賽選手適時的資源，導致許多具有潛力的選手與獎項擦身而過，比賽場中人情冷暖，在求助無門或資源缺乏的窘困中該如何自力救濟？從眾多好手中殺出一條血路？本書旨在從歷年全國語文競賽個人的淺見中，提供大家多一本國語演說臨上場前的工具書，期盼大家一起在國語演說的賽場上，奪下美麗的成績。

一、演說是要激發眾人的正面能量

站在台上，開口說話前，環顧四周，看著台下的觀眾，想一想：我為何而來？我要表達些什麼？無論在這篇演說中想要表達的觀念為何，請記得演說結論要給大家一分正能量。

最近流行的 TED，那感動人心的十八分鐘演說，是演說者從自己專業領域發表感言，向閱聽大眾推廣某些觀念或做法，是準備充足的有稿演說；不管形形色色主題、各行各業的人在 TED 中表達的千百種事物，你可以發現：能讓人記憶深刻、振奮人心的，一定是結論傳達正能量的演說。

至於全國語文競賽，雖然是抽題、只有三十分鐘可準備的無稿演說，題目不但是隨機抽選的，而且如同命題作文，只能在題目框架下做表述，一旦離題，就視同表演，不予計分，別比賽了。這樣的比賽規則，比的是語文涵養外加臨場

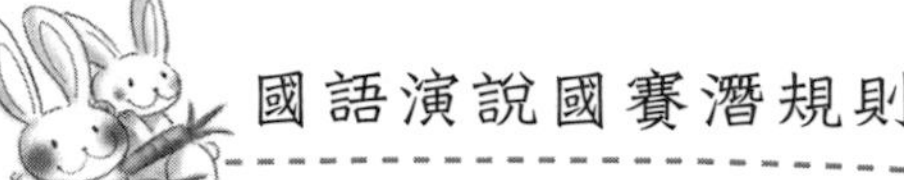

反應、比的是生活體驗外加人生觀。同樣一個題目，在不同層次的人會有不同表述；同樣一件事，不同人生觀的人會有不同解讀。雖然，我常跟選手們說，演說是門藝術，各自表述時展現不同風情、不同美感；但是，演說與文學作品有個很大的不同點，文學作品最美的常是悲劇、若有所失會讓人低迴懷念不已。而好的演說，卻不能用悲劇做結論，而是要給人以光明希望、用激勵與振奮來帶動士氣；否則，聽完一場盪氣迴腸的演說之後，讓聽眾們走出演說會場時帶著長吁短嘆、大家都覺得眼前晦暗無光、一點也提不起任何鬥志，豈不失了演說的意義？

也許有人質疑：這世界有光明也有黑暗，哪能一味稱頌光明面而不提黑暗？那樣的演說不就讓人覺得很假嗎？不真誠的演說又如何能感動人心？

其實，演說內容需要對比，當然會有正面陳述、也有反面對照，但演說內容若分三段論述，可以用正、反、合或反、正、合；甚至合、反、正作為陳述順序，都能讓演說停留在正向光明面做結尾，切記不要讓反面論述留到結尾部分，這樣留給觀眾的餘韻才會是好的、光明的。

再講得現實些，當評審聽完你的演說之後，嘴角是上揚的，眼光是讚許的，想法是活躍的，想必你的演說成績也會是亮眼的。

二、演說是口說作文

演說與作文最大的差異在於，文章以口語呈現還是文字呈現。口語呈現，要講求易懂，讓聽者可以立判其異；文字閱讀時，讀者可以倒回去再看一次，但聽者卻無法倒回去再聽一次。而且文字閱讀時，讀者可以稍事停頓、整理、體會了作者的意思後，從上回中斷的地方繼續閱讀，但是演說的聽眾只要一不留神，語言字句就如自來水般嘩嘩流過，聽者沒來得及捕捉到的字詞意就此流過，無法再度回顧。

或許有人說，有錄影伺候，就可以一聽再聽、也可以中斷重來啊！在演說比賽場上，成績是當下立判的，除非有人提出抗議疑義，是不會調出錄影檔案，重新審視的；想要修改評分，更是難上加難。修改評分通常是犯了演說比賽的規定、回頭去扣分居多，加分幾乎不可能。

所以，演說者取用的字彙要多加斟酌，太淺顯，雖易懂卻感覺不到深度，太艱澀拗口，則易使聽眾囫圇吞棗而過，殊為可惜。所以，如何讓自己的演說切中要害、又讓人立即明瞭，需要平日多方的閱讀與深刻體驗的積累，最後發而為聲，用語言形容轉化成一幅幅讓人聽之如身歷其境的圖畫，自然能吸引人，成為一篇好的演說。

三、走位

第一天到達會場，漫長的開幕儀式對長途奔波的選手的確是項考驗，參加與否得視選手的情況調整，畢竟第一天的重要大戲還有一項，那就是走位。

走位乙詞是指選手於比賽前一天，可先至隔天要比賽的場所熟悉場地，現行比賽場地分左進與右進，視主辦單位排定，會公告於選手手冊中，特別提醒的是規則中有提到，所有預先公告的規則等拿到選手手冊時，若有抵觸，以選手手冊公告為主。由於比賽項目繁多、選手者眾、報到時通常會由各縣市承辦人統一報到，統一領取選手手冊之後，再讓選手到各縣市休息區領取。領取的物品除了大會紀念品外、還有選手證，為隔日換取比賽證之依據，另一個重點就是「競賽手冊」。這本競賽手冊只有選手拿得到，隨行工作人員和指導老師都沒有。選手拿到競賽手冊後必要詳加研讀，並將內文中重要部分摘出，若有疑問立即提出，讓各縣市領隊於賽前最後一次領隊會議中提出，如無其他事項應立即前往比賽場地集中。

所謂前往比賽場地集中是要進行走位練習。走位，乃各縣市選手短兵相接的一刻，為免初試啼聲的選手為浩大的國賽場面嚇到，建議能夠團隊一起走位。以某年國賽為例，筆者曾親眼目睹某組選手陪同走位者四十餘人，倘若年輕比賽選手見狀與自身無人陪伴相比冷暖立見，當天比賽都是各縣市首選，但除了縣市的第一，人氣指數也是一絕。每一年的比賽規定一再修訂，以去年（2016 年）為例，曾發生選手要求撤掉教室內木質講台的情況；經大會決定撤掉後，許多先行走位的選手已經離開，所以根本未能在場地沒講台的情況下練習走位，是否對選手造成影響？因人而異，如若你是會受到影響的，那麼還是多等一會兒，並積極的詢問是否能

有重新走位的可能，去年的國賽主辦單位有酌情給予時間。

走位三要素

座位

確定明日比賽自己的座位，競賽手冊內有各選手位置分配圖，依自己的位置衡量所攜帶的物品數量，確認位置進出便利性、座位椅子是否牢固，切莫等到第二天更換，導致影響比賽心情，確認準備席位置到抽題處的動線，抽題、計分等工作人員的相對位置。

預備位

預先計算出自身比賽序號大約會坐在哪個預備席，因現行比賽未規定選手要由前而後坐上預備席，所以以預備席六位而言，七號的位置就是一號選手預備席的位置，前面的選手就預備席後便可推算出自己預備席的位置，倘若大家依序入座那就更能先期掌握。選手坐上了預備席，就代表三十分鐘後即將上台演說，所以一旦坐上預備席就該全神貫注在自己的演說內容上，不能被台上正在進行的演說者分去精神。

為了習慣於不被干擾，最好平時練習就在日常自然環境中進行，或者就是有幾位同學一同練習、大家輪流上台演說的情境下做抽題後的三十分鐘準備；這三十分鐘準備時間，千萬不要刻意安排在安靜的環境中，以免比賽時不適應。

進場準備位

自預備席被叫號準備出場後，從容的走到第一位評審老師旁，將所抽到的題目交給第一位評判委員，從容行進在離半步左右立正下腰，雙眼微笑、雙手遞送題目紙，除了親切的微笑亦可輕聲謝謝評判委員，起身後緩步自信的站上進場準備位的方格內。提神、靜氣、調整自己的呼吸，有的選手會緊張的大口呼吸，恐將會影響到上場時的配速，所以請平日就可自行練習。

就定位

全國賽因為是實況轉播，攝影人員會將鏡頭定位後調整出最佳轉播機器的角度，選手自進場準備位至定位處應於走位時測量出步數，若非整數乃因每個人的步伐不一樣大小，國小組跟成人組尤其差距甚大，先行量測後決定以墊步或滑

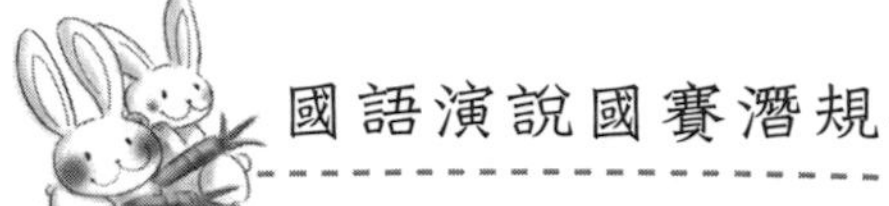

步方式進場，至於以何種方式最美最有自信也關係到比賽者的心情。進場於準備位置上調整好後，筆者的習慣是會回首看一下場上的參賽者，給個微笑輕點頭，看看評判委員，也是示意我要上場了，同時能夠確認評判委員已打完上一位選手的成績，眾人放下手邊工作靜待你的演說，此刻前行到定位後轉向正面，待就定位後再行下一個動作。

演說完成就定位

演說是左上左下、右上右下，所以你從哪邊上去就是循原路返回，下台後至預備位拿回資料後就可回座位。有些人在下台後立刻大大喘一口氣，認為下台了、可以放鬆了，殊不知，大家的焦點還在你身上，最好保持沉著穩定從容的儀態，回到選手席上。

第二章

演說的層次與視野有絕對相關

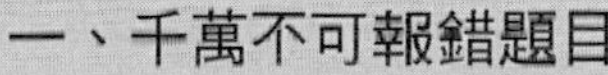

一、千萬不可報錯題目

二、要注意時事，與社會脈動不可脫節

三、對題目的闡述很重要，小題可以大作、大題也可以簡要答

四、無稿演說請用大綱模式與畫面模式組合

視野夠廣，層次當然就豐富。

舉例來說，在小學生的演說題目中，有個題目是「讓我後悔的一件事」。身為小學生，能後悔些什麼事呢？既不可能遇人不淑、所託非人，也還來不及走上歪路，作奸犯科；許多時候，小學生們會說，最後悔的事情是「考了個不好的成績」。當小朋友們振振有詞地訴說著「以前都考九十幾、一百分，而在某次考試中卻只拿到七十分，成績拿回家，無顏見江東父老；又回想起考試前迷戀手機遊戲、沒有好好複習功課，所以非常後悔」時，我不禁感受到教育的無力，難道這麼多年教改之後，一個小學生還是只把考試分數當作學習成就的唯一目標嗎？

我跟孩子說：

如果你喜歡小動物，你可以發現：養了蠶寶寶卻沒有盡責照顧牠們，某天的疏忽讓蠶寶寶成了螞蟻的點心。回想自己把大人講的照顧蠶寶寶方法當作嘮叨，自以為隨便也能養好牠們，看著發黑死掉的蠶寶寶，很是後悔。

如果你喜歡運動，卻把教練的告誡當耳邊風、不注意運

動安全，在練習時輕忽大意、嘻笑玩鬧而不慎受傷，最後不得不放棄參加正式比賽；看著隊友們在場上馳騁，而自己卻只能待在傷兵區旁觀，你感覺到很是後悔。

如果你有個無話不談的好朋友，卻因為一次陰錯陽差或自以為是的誤會而互相埋怨生氣，直到學期末都沒能和好；下一學期開學時，卻發現好朋友轉學走了，沒能當面道歉和好，真是後悔。

上面三個後悔的例子，都比考試考不好而後悔來得深刻感人吧？這就是演說的視野分別了。

再者，層次的分別還有小從個人、家庭、班級社團、學校、社會國家，乃至於地球村國際社會，也要注意。小學生固然從自己生活周遭、家庭學校談起，國中生就該開始有社會觀，高中生的國際觀可以展現國之未來棟樑的胸襟視野，社會組以至於教師組更是不可讓自己置身於社會國家、國際脈動之外。

另一種層次之別，是時間的層次。現在、過去、未來，從現在回顧過去，也許是數年光景、也可能上達千年光陰

（尤其是在討論儒家觀念或諸子百家等思想一脈傳承的時候，一宏觀就是兩千多年）；當然還要再把歷史的眼光拉回現在，然後從現在提出做法，並且展望未來。將時間列入觀點，可以豐富平面式的地球村，將人類歷史放進人類活動的領域中，平面的將會成為立體，所以常有人用「古今中外」做評比，自有其道理。

如何拉高自己的層次、加廣自己的視野呢？閱讀是不二法門。

閱讀，自然要求其廣泛與精深，但是專書的研讀總是有點兒緩不濟急的感覺，在此，筆者提供一個小撇步：閱讀雜誌。雜誌的內容也許不如專書深入，但範圍畢竟較廣，一些探討科學、社會、文化、教育、環境變遷等議題的雜誌，都是比賽選手涉獵的好對象，它們可以打破你思考習慣上的「同溫層」，提醒我們一般生活千篇一律之下的盲點；當然，如果你對雜誌報導中的某個主題感到興趣，想要多了解深入一些，還可以用關鍵字搜尋，找到專書加以研讀。閱讀雜誌是提醒選手們不要習於單面向或少數面向思考的好方法。

有人會想到加入各種網路社群，因為社群之多有如過江之鯽，社群議題雖說五花八門，但也因為沒有控管機制所以良莠不齊，許多社群的著眼點會流於情緒化；與其花費時間精力去閱讀、篩選社群（如果只鎖定某幾個社群，又會陷入同溫層的泥淖中），不如參閱雜誌。畢竟雜誌還有一群編輯群把關啊！

閱讀雜誌，不能偏廢，科學、財經、社會、教育、環保等議題的雜誌或專刊都要涉獵，多看個一年半載，會打破你習以為常的同溫層，擴展視野。

一、千萬不可報錯題目

演說前每個人都要先報上所抽到的題目，這時，緊張的來了，報錯題目怎麼辦？報錯題目視同表演，不予計分。

因為緊張、因為忙著構思，有些選手抽到題目之後，只是用一貫的閱讀習慣、跳著閱讀或自以為是一目十行的神人級水準，只瞄了題目一眼就丟在一旁、專心構思去也；等到

準備的三十分鐘過去了，臨要上台、來不及重新看題目，上了台就報了個「印象中的題目」。如果，你抽到的題目很短，五至七個字以內，是可以一下子記起來的，但是，若題目非常長、中間還有頓號、逗號、引號之流，這樣碰運氣式的看題目方法就要小心了。真正的謹慎而完備的作法，是抽到題目先逐字逐句默念三遍、在擬大綱的時候還要好好的把題目抄上兩遍，正是「口而誦、心而惟」，一定要把題目記牢、講熟，才能過得了評審那一關。

雖然題目共準備了三十題（以全國賽的規格而言），選手最多只有二十八位，題目又未事先公布，上台的演說者報題目報得振振有詞……看來一切很完美；但是，你報錯題目，評審會知道的。因為評審手上都有講題一覽表啊！雖然你報錯題目時不會有人出聲攔阻或糾正你，並不代表評審不知情喔！

最常的報錯題目是少了介系詞或多了介系詞，但也有人直接用某一「他自己理解的詞」替換掉題目用詞。舉例來說「動手動腦解決困難」，就會有人講成了「動手動腦解決問題」。若真的選手在自己的理解上，把困難和問題畫上了等

號，也要切記報題目的時候那唯一的一次，一定要說對。

聽明的你發現了嗎？前面筆者強調「報題目那唯一的一次」。為了不報錯題、為了直接進入講題不浪費時間、為了不讓評審覺得重複很無趣……古早以前的報題兩次，有人破題時一開口還再複述了題目的第三次，已經被「只報題一次」悄悄取代了。如果你真的習慣報題兩次，否則就覺得接不下去，那就報兩次也無妨，但是，千萬不要報錯題。

如果真的不幸報錯題，也請不要呆立當場或直接下台，還是要很有風度的把整篇演說講完（別忘記，還有錄影機在呢！）

二、要注意時事，與社會脈動不可脫節

綜觀每年各組演說題目，總有一部分的時事題，如日本三一一大地震之後，就出了「當地震發生時」（104年國小組題目）、齊柏林的《發現臺灣》電影風靡全臺的時候，國小組出了「一部電影的啟示」、國中生出了「臺灣最美的地

方」；當然啦，上述的題目並未限制了只能講目前社會流行的事物，但是在講詞中帶入新聞時事、現在社會流行的話題，有其必要。

帶入，是有技巧的，可以用做開場白、蜻蜓點水的帶過，也可以針對時事做剖析，這又牽涉到你演講前，已經有多少人用過這主題了。

舉例來說：社會組曾有一「我對百貨公司周年慶的看法」，如果不在意購物的人，百貨公司周年慶也許只是一個名詞，觀察不夠就會無所著墨。只知道百貨公司用「周年慶、大減價」刺激了買氣，慫恿消費者「多買多賺」的做生意廣告心理學，抓住了人們貪小便宜的心理，結果便是衝高銷售金額。

但是，如果研究過一些財經報導，就很有東西可以探討。

首先，著眼於大眾消費心理，周年慶、大減價，暗示了人們可以花較少的代價、獲得較多的商品；買的愈多愈便宜，看起來是消費者賺到了。但是加快商品去

化速度、減少商人累積貨品成本的壓力，卻是商家最期待的結果。

再者，消費者增加購買之後，讓現金流動加速，其實也有助於社會國家的經濟發展。

但是，這種現象一再重複；最後，百貨公司「周年慶、大減價」活動被複製到網路購物上，網路購物也掀起某某節日特賣潮，逐漸稀釋了消費者面對商品打折的新鮮感與誘惑力。過了一段時間之後，沒有任何折扣時，消費者開始觀望，一定要等到有折扣時才要消費；而商家為了銷售商品時利潤不減，間接的提高了售價、以便打折時不致賠本，物價上漲於焉成形。

任何事物過與不及都不好，所以，我個人認為百貨公司周年慶到最後只會流於形式，消費者應該還是要回歸自身需求，釐清自己購物是「需要」還是「想要」，當用才買、為折扣而消費就可以省掉了。

用上面的觀點來解讀百貨公司周年慶，就可以把社會經濟層面與消費心理層面放進去，變成很有得討論的一個議題了。

小撇步 練演說的場地和時間

練演說、練膽量，在哪裡練比較好呢？

大部分的人會說，還是模擬情境，用空教室來練吧。

我則建議：人來人往的車站大廳不錯；燈光美、空調佳、人潮穿梭中的捷運地下街牆角邊也不錯；如果你跟某溫馨咖啡屋很熟，那麼在咖啡屋裡也不錯（記得不要吵到在咖啡廳寫稿的人，但是也許他們也正想轉換心情呢？）練演說，誰說一定要關起門來練？又有誰規定只有指導老師可以給意見？

筆者曾經故意帶著選手在車站候車室裡練演說，選手們一開始當然怯於開口，只要指導老師稍微示範一下，打開了這條路，選手們會講得更有自信。路人經過有時會駐足聆聽、有時還特地折回來給選手加油打氣；溫馨咖啡屋裡更是臥虎藏龍，說不定就有能人專家剛好為你不熟悉的領域給了充足意見呢！

練演說（朗讀也一樣），何妨光明正大的在眾人面前展現，不要忘記，上台演說（或朗讀），本就是要在眾人面前開口表達意見嘛！那識與不識的人，都會是一分助力喔！

禁忌　太傷心的事別拿來演說

順帶一提，演說比賽有另一個潛規則，就是評審不能在演說中表示意見、當然更不能開口說話；這是為了表示公平，對所有比賽者一視同仁，也是尊重演說者應有的禮貌。現在問題來了，既然在台上那屬於你的五到八分鐘時間，沒有任何人可以干擾、打斷或插嘴；而你卻說到一件傷心往事，除了深深後悔之外，更是悲傷不能自抑，在台上泣不成聲……抱歉，沒有人能夠解救你。除非你自願草草結束下台，要不然就只能無情地等待計時時間到，由計時人員按鈴提醒下台。

為了不讓這種尷尬場面發生——想當然耳，那次

演說也不可能獲得好分數了，畢竟評審負責評的是「演說表現」，而不是「傷心表現」。請記得要先在心中好好衡量清楚，你要講的故事，是自己能承受、能完整表達、也能掌控自己情緒的故事；如果你對某件事仍然無法釋懷，提起來會引發不可抑遏的情緒潰堤，就算那故事如何感人、如何貼切你的演說主題，我仍然良心建議你換一個故事吧！等到你能真正面對、並且療傷完畢之後，也許那則故事可以成為讓你演說增色的最佳利器，但絕不是會讓你淚灑演說台、或火燒演說台的現在。

小撇步　題目中的標點符號有玄機

一般情況而言，國賽題目是沒有標點符號的，但是也有少數例外。

如：引號——如何「說好話」(103 年小學組題目)

引號內容是強調一個詞：「說好話」；不能誤解為如何把「話」說「好」。要先釐清題意，指對人說「好的話」

才對。這時，可以引申到讓人安慰的話、讓人開心的話、讓人有益的話、讓人改過的話。用文言文來說，「友直、友諒、友多聞」，如何成為那個「友」？

而且不能為了「說好話」而落入「友便辟、友善柔、友便佞」，只一味的說甜言蜜語讓人開心，卻忽略事實，那就不叫「說好話」了。

如：逗號——看看別人，想想自己（103 年國中組題目）

這個題目在逗號兩邊的論述，應該是平等的、相對的。用什麼樣的視角去「看別人」，又用什麼樣的眼光來「想自己」；看別人的時候用欣賞、包容的角度，想自己的時候多點兒批判、加點兒要求，這是「反求諸己」的作法。

另外，用同理心的眼光去看別人，也就用同理心對應到了自己的身上，設身處地為人著想，由此而生。

如：問號——師者，傳什麼道？解什麼惑？（104 年教師組）

連續兩個問號，已經明示了要演說者表述的是「傳道」與「解惑」中，對「道」和「惑」的現代版解釋。就不要再費精神時間去定義為何「師者」是「傳道解惑人」了。甚至在解釋完現代版的「傳道」是哪些「道」、「解惑」又是哪些「惑」之後，還要再具體說明如何去做、自己做了什麼「傳道解惑」的工作，最後可以用古今對比的方式，將今之傳道解惑與古人做法做一比較，也就能回去扣題了。

如：刪節號——陪伴我成長的……（102 年小學組題目）

將刪節號用在題目上，表示後面的語詞可以自由發揮，發揮的空間變大了，卻也不容易聚焦了。遇到這樣的題目，演說者自己還是要訂出「刪節號」所代表的內容，如「陪伴我成長的朋友」、「陪伴我成長的家人」、「陪伴我成長的好習慣」……等。遇到刪節號，是件可喜可賀的事；因為那題目可以由演說者自己找拿手的項目來表現，但是演說者一定要自己先訂好主題，否則會讓演說成了一盤大雜燴，就可惜了這麼好的籤運啊！

三、對題目的闡述很重要，小題可以大作、大題也可以簡要答

面對考試答題，大家都知道申論題、問答題和簡答題的差別。同樣的、演說比賽應該算是個有限度的申論題；真想要算得上長篇大論，大概也只有教師組的八分鐘演說勉強可以算吧！但是，真的只用問答題或簡答題來面對演說，可能講個一分鐘就只好下台了。

演說，比較像一篇作文，為了達到規定的時間，有時限制多、範圍小的題目要大作文章；有時關乎社會國家全人類的生命之意義等大哉問，只能用重點式的提綱挈領帶過。

舉例來說，範圍小的題目如：

《不一樣的一堂課》（103 年國小組題目）、《這次我勇敢嘗試了》、《讓我教一節課》（105 年國小組題目）、《我為什麼參加演說比賽》（103 年國中組題目）

以上這些講題，如果真的只侷限於單一堂課、嘗試一件事（也許只是一個吃苦瓜的咀嚼吞嚥），感覺就太單薄貧乏了。這時，「前因、過程、結果」這三部曲就很重要。前因可以將視角從時間軸上拉到過去（也許是前幾周、前幾個月、甚至前幾年），說一說過去的習慣或常例，再將現在面臨的事件作為轉折點，現在，我面臨到了什麼問題、什麼事件、其經過如何，這些形成現在的過程。最後，經過了這種種過程轉折，產生了什麼結果？結果可能是一件任務完美結束、也可能留有欠缺遺憾、最重要的是說一說此事帶給演說者本人的省思或打開心結、展開視野，有更上層樓的體認。

用這樣方式鋪陳，小題，也能引出大迴響。

禁忌　別用太多的反問，切忌用問句做結尾

老師們上課，最喜歡提問。如果有興趣做個小記錄，你會發現，一位老師在課堂上提出的問句大概比全班同學加起來的提問都要多。那是因為老師把提問當作吸引學生注意、讓學生試圖思索答案的一大絕招。是

的，人類受好奇心驅使，常會試圖尋求問題的解答，當老師在敘述句中加入問題，可以讓學生更集中注意力、也會試著想要回答老師的問題，而老師則能夠藉由學生的回答內容，了解學生的思考過程。但這是課堂上，師生間互動時所常見的樣子，並不適合演說比賽；演說比賽是屬於單向的溝通，評審、台下的聽眾選手與工作人員，是不能有所回應的。若真的有人回應了，也許演說者還可以提出「自己演說過程遭受干擾」的抗議呢！

針對這個特殊的「單向溝通」情況，就如同讀者看到一篇文章，作者在文章的結尾提了一個「大哉問」，身為讀者的你，會做何感想？所幸文章是靜態的、可以回頭反覆閱讀的，真的忍不住的讀者，大可以在文章後面加上一段讀者回應、或心得、或感嘆、或反詰……就算你只是寫在紙本文章後的留白處，就算身為讀者的你知道寫在紙頁的背面並無法得到作者的回覆；只要有所抒發，對讀者而言就是個句點、結束了。

可惜即席演說比賽不是如此，演說者若是在演說中提出了問題，最好還是自問要能接著自答，否則那問題如同滴到大海裡的一滴水，不會有人回應。提問想要

造成的懸疑感或氣勢，都默默地投入虛無之中了，對演說者而言，只是削弱自己氣勢而已。再者，如果演說者自以為俏皮地在演說結尾加上一句：

「以上是我個人的想法，你說呢？」接著下台一鞠躬。

對評審而言，評審該不該回答呀？以評審的身分就是不能應答嘛！但是對於台下各個身懷十八般武藝又博學多聞的評審而言，老師當習慣了，有人提問題就反射動作地想著要怎麼回答，又是多麼自然的事啊！讓評審陷於尷尬的窘況，不會是個浪漫有趣、或讓人回味無窮的演說結尾吧？所以囉，還是用斬釘截鐵的肯定句，或是慷慨激昂的感嘆句做結尾，比較能收到「餘音繞樑」的效果喔！（筆者以上這段敘述，也示範了疑問句最佳的用法、自問自答並且把結尾收在肯定句上，身為讀者的你，應該發現到了。）

小撇步　演說內容的時間分配

任何一個演說題目，都要有恰當的時間分配，不能頭重腳輕，當然也不好儘在發表感嘆之言。

在作文慣例中，常有「鳳頭、豬肚、豹尾」之說。意思是開頭要像鳳凰頭像般華麗端莊、中間論述有如豬的圓肚般厚實圓滿，結尾要像豹尾簡潔有力。那麼，演說呢？既是口說作文，也像作文一般鋪陳就好了嗎？

演說可以用三段法區分：「**正、反、合**」或是「**什麼、怎麼、那麼**」、用「**過去、現在、未來**」也可以，說明的順序更是富有變化，「正、反、合」可以換成「合、反、正」，「過去、現在、未來」也可以換成倒敘「現在、過去、未來」，應用之妙，存乎一心，除了個人的描述風格之外，也因題目方向而變化。

演說時間分配上，**小學組和國中組**規定時間都是四分鐘至五分鐘，可以用**三段來分**、每一段約一分半鐘（一段約250字）平時自己可以做分段測試，先測量

一下講一段小故事大約的時間，再測量將三段結合在一起的時間；多練習幾次，就能抓到自己演說的「時間感」。最好能在四分鐘前後進入結論，千萬不要美美的想：「反正還有一分鐘可以講，我就慢慢來」，四分鐘按鈴提示時，就該有進入結論的準備，這樣才能不慌不忙地做出一個完整有力的「豹尾式結論」。演說結束的時間，最好落在四分四十秒左右，以免你的教練提心吊膽，深怕你超過了那麼一、兩秒鐘，被扣了冤枉分，嚇出心臟病來！

高中組建議用**四段來分**，**起承轉合**可以搭配得好，會讓人印象深刻。但是起承轉合並非平分成四份，高中組的演說時間規定是五到六分鐘，最好開頭三十秒之內就完成「起」的部分，進入正題；「承」和「轉」可以各用兩分鐘的時間來處理，最後的「合」要能綜論前述的起、承、轉邏輯脈絡，約用一分鐘來做結尾。

上述演說時間的分配只是僅供參考，對初學者而言，有這些參考值會比較容易達成目標，但是真的進入演說殿堂、並且優遊其間的演說者，自然就會發展出屬於自己的時間控制感，筆者將它稱為「時間感」。在你

演說的當下，就算負責計時提醒的人忘了按鈴提醒，演說者自己心裡也會有個感覺：好像時間快到了，或是感覺時間應該超過了；有這種感覺時，對照當時的演說時間（這很簡單，有錄影就一切一目了然）就可以很清楚的看出來是抓到了「時間感」還是自己的疑心。

演說的最高境界，是種藝術表現。對於分段、時間分配等小技巧已經是不著痕跡的呈現，能將所有技巧融為一體，是老子所謂「大巧似拙」的境界了。當然，想要達到這樣的境界，多練習是不二法門。

禁忌　別把演說台當課堂講台

把演說台當課堂講台，邊講還會邊來回踱步、背著手轉身回頭看聽眾……最常發生此一狀況的，就是教師組和社會組的演說選手了。

演說台和課堂講台最大的不同，就在於課堂講台需要走動、要做到深切的行間巡視，演說卻是請你站在原地，儘量不要移動位置。

一篇演說的時間從小學生的五分鐘、到高中生的六分鐘、教師組最多也只有八分鐘，跟課堂講台上的四十分鐘到一小時講話是不同的。課堂上，為了知識觀念或實際操作的說明，需要講解、注意學生的理解程度，當然，還有配合黑板上書寫標示做說明，所以會在講台上走來走去；但是即席演說，可沒有用到黑板呢！（雖然演說比賽場地常借用各級學校教室，總有大大小小的黑板，卻不是給演說者口說筆寫之用）。

再者，也有些選手誤把演說比賽和商業簡報畫上等號，請先清楚定義你參加的場合和需求，商業簡報有產品訴求、有簡報輔助工具、接受觀眾的提問；這些特點，在演說比賽中是不存在的，自然不能像商業簡報的說話方式來鋪陳你的演說。

所以，請記得，即席演說比賽不是演唱會，不需要拿著麥克風深入人群，請站在最適當的位置，展現你的笑容和魅力吧！

小撇步　控制你開口問候的音調和音量

其實，對評審而言，每位選手剛上台的時候，評審對選手都是充滿好奇、期待，注意力十足的。所以，**一開始送上一個誠心的、大大的微笑，絕對會有加分效果**。但是有些選手習慣在一開口的時候，對著評審大聲問好，這樣做只會把評審嚇一跳，也許你獲得了你想要的「高度注意」，但是印象卻不好了。

就人類的生理機制來說，緊張時說話速度加快、音調飆高、音量加大，都是正常的。上台演說、台下眾人閃著晶亮的眼神凝望著你，沒有講稿、只有大綱的講詞需要即時說明與潤飾，這種種壓力自然會讓人緊張、腎上腺素加量，基本的聲音已經會飆高又加快了；一開口問候時，若再刻意加上獅子吼，想一想，如果你是坐在講者正對面二點五公尺距離的評審，你會不會有被人當頭棒喝的感覺？當然，能夠身為評審就不是一般人物，各個都練就了泰山崩於前而色不變的功夫，但是就人類最生物性的生理機制而言，一下子突然接受到近距離、高分貝、高震撼力、類似當頭棒喝的「問候」，覺

得不愉快、不舒服在所難免，聰明如你，應該知道聽眾在剎那間泛起不舒服感覺之後，還要平和聽完後面一大篇演說論述，有多困難了。

想要聽眾心情愉快地接受你的整篇演說嗎？「好的開始是成功的一半」，**好好練習你的開頭問候語，讓人感覺如沐春風**，你就已經為自己接下來的演說，奠定了最佳基礎。

說話和唱歌一樣，都有個「起音」，後面的語調會隨著一開始的「標準音」而高低起伏。通常要表現激昂，聲音會比前一語調高亢，依此類推，如果一開始就用高亢音調開口問候，接著的聲調愈來愈高，若不小心「破音」了，會讓所有人都起雞皮疙瘩，連耳朵的寒毛都豎起。為了避免遇到這樣的窘境，筆者建議大家，**一開頭的問候語，語音要偏向你自己的中低音域**，為自己預留接下來陳述過程中聲音激昂拔高的空間。

其實，開頭問候語起音的問題，不只是演說者要注意，朗讀時更是要緊。

小撇步　放慢語速有絕招

不只語音大小、語調高低需要注意，語速更是個大關鍵。

人在緊張時，不但聲音變大、音調偏高、語速更是變快（有人會反駁我：為什麼我的同學上台很緊張，卻是聲音細如蚊蚋、講話吞吞吐吐、結結巴巴？其實那已經不叫做「緊張」了，那樣的表現，其實情緒早已從緊張轉為恐懼，那樣的演說者，要跳脫的是恐懼，倒不是克服緊張）。

大家都知道演說時語速要放慢，但是試想一下：演說者一方面要保持適當的風度、儀態、手勢、肢體語言、配以適切的情緒表現、口中述說著想要表達意思的一串串話語，腦子裡卻必須更快一步，想著下一句話要說什麼；這時已經是大腦全面啟動的狀態了，又哪來的餘裕顧及要提醒自己「語速放慢」呢？所以，筆者在此提供一個小方法給大家參考：

想要語速放慢，只要要求自己，講話的每個字發

音都要口型完整、把聲調表現完全，自然語速就會放慢，而且語音清楚，讓人聽得順耳而不吃力。

說話時維持完整口型，是一件可以自我訓練到自動化的事，只要平時說話都開始要求自己，尤其是和朋友聊天聊到眉飛色舞之時，還能維持完整口型的話語，到了上台啟動演說模式時，就能將「語速」和「語音」調整到最佳狀態，而且不佔大腦的運作空間喔！

禁忌 審題別走偏鋒

「創意」和「離題」常常只有一線之隔，在審題的過程中，有創意值得鼓勵，但是過於跳脫就成了離題了。

舉例來說：「我最喜歡的一本書」有人解讀為閱讀「我的家人」這本書，並且引申為家人是一本值得仿效與細細品味的好書，這就有離題之嫌了。倒不如結結實實的介紹一本書；而且，請注意，是一「本」書，

《哈利波特》就不算是一本書，它是一部書；除非你具體說明哈利波特的某一集（如：《混血王子的背叛》，那才是「一本書」）。

再舉例個例子：「一次合作的經驗」，有人提到「和爸爸合作完成拼圖」或是「和哥哥合作組合樂高機器人」，這都不算真正的「合作」。合作應該是在同儕團體中協力完成的任務。如果沒有分析清楚題意，可能會掉入似是而非的敘述陷阱裡呢！

另外，我要提醒大家，當你在演說中提出某一個觀點時，就要把這個觀點的邏輯解釋清楚、在演說內容中闡述明白。因為，下了演說台，你不可能去跟評審再多解釋任何事，分數也就定了。就像作文評分，評審只會針對寫下的文字敘述做評分，考生不可能有機會再針對他寫的作文向評分老師做任何說明，其實也沒有這必要。不論演說還是作文，本就是用文字敘述把自己的觀點講清楚或寫明白，讓人一目瞭然啊！你不是金馬獎或金像獎得獎人，沒有人會對你的演說或作文提出專訪，不會有人要你再度說明或解釋這篇文章（口說作文或紙本文章）的創作意涵；所以，當我指導學生演說時，學

生講完下台後，若還想跟老師做任何解釋，我都會輕輕地回一句：

「請你把剛剛想解釋的重點，重新上台練講一遍，放進你的演說內容中。」

小撇步 陪伴選手的比賽工具很重要

參加演說比賽要帶的工具書是字典和《古文觀止》。

進到演說比賽場，規定不能帶任何形式的電子設備，但容許攜帶各類紙本參考資料。我先鄭重說明：**請不要帶作文大全**，除非那本作文大全都是你的著作。作文大全如果不是自己寫的，請問你能在抽題後的三十分鐘完美複製其他作者的敘事風格嗎？另外，說不定那本作文大全是比賽場中某位評審所編著，他對其中內容比你還爛熟於胸，一聽就知道你「借用」了多少別人的牙慧；那不是很糗嗎？如果你帶了作文大全進比賽場，最好的狀況是提供了你某部分思考觀點（雖然這個功課應

該在平日練習時早早做過的）；最壞的狀況卻不勝枚舉，例如浪費了你寶貴的三十分鐘準備時間、或是讓你匆匆瀏覽之後愈加心慌又必須另起爐灶擬大綱、也可能只是加重你搬進比賽場又帶出來的勞力。

但是，同樣大部頭的字典或《古文觀止》可能在你意想不到的時候助你一臂之力呢！

因為題目是臨場抽題，事先既沒有任何範圍、也沒有任何明示或暗示；抽到的題目如果是淺顯易懂的白話文還好，若是抽到的是一句古文，例如「無友不如己者」──到底誰的名言？意思到底是什麼？你傻傻分不清時；或是「有所為、有所不為」──那個「為」字到底該是唸二聲還是四聲，你都搞不清楚的時候；字典或《古文觀止》這類的工具書就好用極了。順帶一提，字典當然收羅的字詞愈多愈好，但是你可不能臨時去書局買它一本，供在桌前就以為萬事無憂；字典這工具要想用來得心應手、一定要先跟它培養感情，先用個半年一年最好。至於《古文觀止》，請不要找自己的麻煩、買了沒有句讀的「古書」，應該找本有注音解釋、有原文與白話翻譯對照的，臨到真正要用時，才能事半功倍。

順帶一提，在進入演說比賽場時，各類的電子產品都不能攜帶。所以，小自電子錶，大至電腦，都不能當作「比賽準備工具」攜入賽場。網路更不用說了，手機等各種通訊軟體一律禁止攜帶，當然也就是不得使用網路的意思。也許你說，連電子錶也不能帶？那麼我要怎麼測時間？所以囉，最好先去**準備一支有指針的手錶**（還要確定它沒有鬧鈴等裝置，不會突然在比賽中發出各種聲音，變成干擾比賽），除了紙本資料，就只能戴著這支「啞巴」手錶進場比賽囉！

四、無稿演說請用大綱模式與畫面模式組合

演說又分兩大類，一類是有稿演說，一類是無稿的「即席演說」。

有稿的演說，通常在演說前十天半個月就已經字斟句酌地寫好了演說稿，一遍遍的背誦、練習，連音量、手勢、眼

神、身體姿態……都可以一再修改到最完美狀態；當然有稿演說也需要指導、也有其竅門所在，但本書不將有稿演說列入討論之列，而是專門探究無稿演說。

無稿演說，通常先會有一個題目。如果是非常非常臨時即興的無稿演說，也可以叫它做「我有話要說」，也請說話的人要在心裡訂一個主題再開始說。這個主題可以是一個觀念、最好是一句話，有這句話作為主幹，再向外延伸，講起來才不會雜亂無章、叫人聽不懂重點，而流於酒桌上的醉話。

全國語文競賽的國語演說部分，比賽方式採即席演說，就是一種無稿演說。比賽規則為抽題後準備三十分鐘，隨即上台進行演說；若是演說內容與所抽題目無關，則視同表演，不予計分。這樣的演說比賽方式，在國語演說類別中，從國小組、國中組、高中組、教育學院組和社會組及教師組，一體適用。而閩語類及客語類的教師組與社會組，也採即席演說的比賽方式。

讀者看到這兒，想必有些疑問：那麼閩語類和客語類的

其他各級組別演說，採用什麼方式呢？難不成是有稿演說？是的，閩語類和客語類的國小組、國中組、高中組演說比賽，都是在比賽六個月前就先公布三至五個題目，比賽當場從所公布的題目中抽題，選手準備三十分鐘後進行演說。所以，既然公布了題目，參加比賽的選手當然早做準備，精心寫了稿，背了稿子還仔細的修整表情動作手勢姿態，準備的方向不太相同。

相對而言，無稿即席演說的難度，高於有稿演說，自不在話下。

筆者每回擔任即席演說比賽評審，看見抽題目之後振筆疾書的選手，就不免要感嘆：這是努力用錯了方向。

試想：我們一般人平均每分鐘說話約一百八十字，就算演說的口條為求清晰、放慢了說話速度，每分鐘說話也要一百五十到一百六十字，以五分鐘的演說時間而言，就需要九百字的演說稿；而書寫的速度絕對趕不上說話的速度，就算整個三十分鐘的準備時間都拿來振筆疾書吧，最多能寫個五百字就是快手達人了。不但書寫速度趕不上需求，也只是

事倍功半之舉，因為稿子若真的從頭到尾寫一遍，根本沒有時間記憶、更遑論練習了。寫了稿子的比賽選手，通常上台只能振振有詞地說完一分至一分半鐘，然後就明顯的停頓在當場，不知所措了。事後我請問了這些「振筆疾書」型的選手，大部分的人表示：寫了內容卻記不完全，一上台就忘了個大半；也有少數選手說他雖然都記得，但是不知怎地，振筆疾書了滿滿一整頁，講起來不到兩分鐘就講完了。所以，針對即席演說的準備上，寫逐字稿、努力振筆疾書是不合宜的。

怎樣才是有效率的即席演說準備方式呢？請善用「聯想法」加上「列大綱法」。至於演說大綱的記憶與內容呈現，請善用式思考，也就是畫面模式。

聯想，是創造力的一環。

聯想乍看之下是天馬行空式的跳躍、甚至無厘頭，其實它是有跡可循的。把聯想的軌跡歷程一一列下，你會發現很多有趣的轉折藏在其中。

舉例來說：「大自然給我的智慧」，針對這一題，可以

先從「大自然」開始聯想起，大自然會讓你想到什麼？我會想到水能載舟、亦能覆舟；天地不仁，以萬物為芻狗；天生萬物必有用；食物鏈、物競天擇、適者生存、不適者演化；天有不測風雲、春花秋月夏日冬雪，一年四時皆有好風景……等。

聯想是不受限制的，難免也就沒有系統與結構可言，第一步聯想之後，接下來就要將聯想的主題去蕪存菁，留下一個或兩個想要發揮的主題，其他的聯想只能割愛、暫且不在這次演說中使用。以剛才的聯想而言，我選擇「春花秋月夏日冬雪，一年四時皆有好風景與天生萬物必有用」相結合，描述自然界的四時循環與生物循環，沒有一個環節是不必要的，也沒有一種生物對地球是無所貢獻的；也可以引申為「大自然讓我體認到不必輕看自己，發揮自己的力量也能讓這世界更好」或是：「花若盛開，蝴蝶自來，人若精彩，天自安排。」

聯想需要多練習，有些聯想法可以參考。網路搜尋一下，你就會發現許多。聯想通常是擴散性思考，天馬行空的擴散之後，還要統整回來，讓想法呈現出系統的敘述，那是

聚斂性思考。擴散性思考與聚斂性思考都很重要，缺一不可，我常遇到的狀況就是擴散之後無法聚斂，成為不知所云、失焦的一段描述。所以，聯想過後要能統整，回來抓住主題發揮，這就是所謂的「扣題」了。

把一件事講清楚說明白要花多久的時間？多長的篇幅？

你會說：事有大小、長短、複雜曲折的轉圜程度，怎能一概而論？事實上，一件事可以簡略的說，也可以複雜的說，端賴你的選擇與時空的允許程度。當你需要仔細描摹的時候，自然會講的深刻入裡、刻劃細微；當這件事只是個襯托的時空背景時，可能三兩句就把一個大時代交代過去了。

著眼點很重要，並非一定要把格局放到最大，就像我們常見的攝影鏡頭運用，有時從最小物體的特寫逐漸拉開距離、慢慢呈現一個物件的輪廓、最後又遠離那物件，標示出那物件所在的位置、環境、地域；最後也許那物件已融入大環境中不可辨別，但，觀眾們都知道它在那裡，因為剛剛看過它的特寫。由小而大，此為其一；也可以反其道而行，由大而小，由最遠的遠景逐漸拉近，最後聚焦在某一物體之

上。運用鏡頭的方式，也就是我們看世界的方式、也是用文字或語言描述事物的方式。

訓練自己描述事物的能力，有助於把演說講得更清晰而讓人如歷其境。

一開始的練習，不必要求一定要達到特定長度（如五分鐘），也許你覺得五分鐘沒有什麼，端看這五分鐘用在哪兒了。玩一小段手遊遊戲五分鐘太短、看一篇言情小說五分鐘只夠看到男女主角相遇、和好朋友聊個八卦隨便也要十分鐘、但是真的要上台講五分鐘演說，當你親身試過，就會發現竟是如此困難。

筆者訓練的選手，在一開始練演說時，常常只能撐到一分半鐘，接下來不是倒帶跳針講重複的東西，就是呆立當場、面紅耳赤不知所措，要不就是早早下台一鞠躬了。

細究其原因，不外乎是描述的能力太弱。

先練習用語句來描述畫面，練習時需要實際放聲說出來。挑選一張照片，嘗試開始描述它，並且把自己描述的內

容錄音起來，回頭再聽過，一邊聽自己的錄音一邊對照著這張照片，多練習幾次，就會發現自己用語言描述畫面的能力大有進境。接著，這個對著具體的照片、圖片做描述的練習，可以轉進成在心理產生一個圖像，然後將之描述出來。所以，當你在講話的時候，腦海裡是有一個畫面、或一段影像的。根據這個畫面或這段影像來描述，你會發現自己的敘述順序自然就產生了；把大綱（或是故事情節）安排進心裡圖像的那個「畫面」之中，也就不容易忘記接下來要說的順序呢！

再來練習描述事物、可以從講故事開始。講故事，會有情節、有時間順序、也會有畫面。

「萬聖節本來是西洋人過的節日，曾幾何時也風靡了我們現今的社會，現在到了十月的最後一天，街上就會看見一群小蘿蔔頭裝扮得像卡通人物，出來街上喧鬧一番。」

「頭上戴著皇冠、嘴上裝著獠牙，披上蝙蝠俠的披風，拿著人魚國王的三叉戟，威風凜凜又忍不住要蹦跳雀躍地走在路上，高聲喊著：不給糖、就搗蛋！這是每年十月三十一日美國社區中常見的景象，本來該在美國街頭上演的風景，如今竟也在臺灣看見。兩個老師一前一後押著隊伍，隊伍中走著的每個孩子莫不精心裝扮、有人裝鬼怪、有人扮公主、有人臉上塗的烏漆抹黑、有人則畫得嫵媚動人，無論裝扮如何，這些孩子們同樣興奮的雀躍著，沿著小街一路和商家們討著糖果。雖然那都是美語班老師事先安排好的，大家也樂得配合演出，萬聖節嘛！」

以上兩段描述，哪一段比較吸引你？這就是描述畫面的優點了。

小撇步 大家來玩「挑語病大賽」

練演說可以從正音和挑語病開始。

平常我們說話聊天時常常語速過快、咬字含混不清，反正對方能夠了解聽懂就好。再者，聊天沒有時間限制，加上漫無目標龐雜的思緒，常使得聊天內容被稀

釋再稀釋、話語重點也會不斷改變。少量的內容加上無限制的時間與過快的語速，造成我們平日習慣用語過於雜漫無章、甚至奇怪的語言邏輯或不通順的文法紛紛出籠。這在一般言談中也許可行，但搬上演說台可就過不了關了。

要想修正自己的語音和語病，不是等站上演說台才開始，要從平常改變習慣著手。

別害羞，大方地告訴你周圍親朋好友：你要開始練演說了，請大家幫忙糾正語音和語病。就筆者的經驗而言，絕大部分的人都會樂意幫忙，能挑出你不正的語音和語病，對你身邊的朋友同學而言，是件很有成就感的事呢！

在「挑語病大賽」這類遊戲中，教師組的選手練習起來是最方便的。別看老師們上課時個個說得頭頭是道，仔細分析後就會發現，老師們帶有口頭禪和語病的壞習慣也不少。我會鼓勵教師組選手跟班上的學生們約定好：為了幫助老師練習演說，上課時要特別認真聽老師的發音和語句，能發現老師說錯的人有獎賞喔！學生

們不管年齡大小，大多對老師竟然提出這個挑戰感到有趣，也更會認真聽課，為的是要挑出老師的語病來，附帶的老師也讓學生上課更專心了，是一箭雙鵰的好法子喔！

再來，也是針對教師組選手。老師可以跟班上學生約定，每天找五至八分鐘時間，老師在班上對著學生練一題完整的演說。如果學生年紀是國小高年級以上，還可以請學生在聽老師演說時，把演說大綱記下來，也可以請學生給意見。這不但讓學生有了成就感，訓練了學生們「聽理解」的能力，更是間接訓練了學生組織作文架構的能力。有些人會認為學生還小聽不懂，其實為了讓學生聽得更明瞭，老師就會不自覺地注意加強自己的語氣、並且讓表情更生動，這真的是個很方便又吸引人的練習方式呢！

同樣的，演說比賽的指導老師，可以安排學生選手固定時間當「故事說書人」，在班級中對同學或對學弟妹們練習「說故事」，也是練習口語表達的好方法。

小撇步　會說故事很重要

人人都愛聽故事，《史記》中最吸引人的篇章就屬「列傳」了，列傳是一篇篇的故事；就連最正統的八股文也講究引經據典、有典有故；說故事、舉例子，會讓你的演說或作文內容更吸引人。

說故事有各種方法，故事內容更是可長可短。三、五句話可以說一個故事，整整一大部長篇小說也是個故事；其中如何拿捏取捨，就是說故事人的功力了。

原則上，大家耳熟能詳的故事，要簡單說。聽眾會自行「腦補」，多說了只是讓人覺得敘述節奏太慢、拖時間而已。

自己親身經歷的小故事，要詳細說。交代清楚自身故事的背景，才能讓聽眾跟著你一起進入故事的情境、被故事吸引。

冷門的奇人軼事或不為人廣知的感人故事，要注意重點好好說。強調你想說的重點，把故事的聚光燈聚

焦在你著重的重點上，才不會讓聽眾混淆了、被故事不相干的枝節擾亂了思緒。

也許你會問：哪來的這麼多故事呀？

一個人的生活也許有限，但是多閱讀、仔細觀察、可以看到別人的故事；拿出你的記事本，把看到、聽到、閱讀到、想到的一一記錄下來，你會發現：原來，我們的身邊多的是故事，只是你沒有發覺而已。

禁忌　服儀忌隨便

穿著要端莊，不可隨便。

雖然參加即席演說比賽不是奧斯卡頒獎典禮，沒有紅地毯伺候，但是畢竟它是個正式的比賽，為表示應有的尊重與禮貌，穿著還是要有一定的講究。（雖然頒獎典禮上女明星總是穿著袒胸露背開高衩超低腰珠光寶氣的晚禮服，但那裝扮其實也不適合參加全國語文競賽）

把握一些基本原則：最好有領子、有袖子、裙長及膝（過長與過短都不適宜），男士以襯衫領帶西裝長褲為標準配備；服儀皆以乾淨整齊為主，頭髮千萬不要披散一邊、蓋住半邊臉（你認為的浪漫，會被打槍為「像女鬼」）。

鞋子以不露腳趾、腳跟為原則，身材較為嬌小的演說者不妨選擇鞋跟有點高度（約一至兩吋）的鞋子，站起來亮相時比較有氣勢。

首飾等裝飾品請適量，戒指、耳環、項鍊等非必需品，不要讓自己站上去叮叮噹噹的像棵聖誕樹。

男士請刮乾淨鬍鬚，除非你一向保有特定造型的鬍子。

高中組以下女生不建議化妝，除非你化的是看不出來的「裸妝」；尤其是口紅，年輕小女生自有無敵青春的天然顏色，真的不需要畫蛇添足的加上口紅，只讓人覺得刻意又突兀。但是，二十歲以上的女生請薄施脂粉淡妝，表示社會化的尊重。

禁忌 不可帶道具

即席演說不是相聲、也不是專題演講，不能帶任何輔助工具，既不能帶摺扇、手絹（就說了不是相聲），也不能帶投影機或模型（也說了不是專題演講）。真的誤帶進比賽場了怎麼辦？一是經過工作人員好心勸阻，將這些神兵利器收藏於選手座位，不帶上台；二是不聽老人言，硬要帶上台展示比劃一下，然後評審大筆一揮，微笑的看著你，因為未遵規定帶了道具，就視同表演，不予計分，評審可以休息一下了。（所以無所事事的評審只好在那五到八分鐘之內看著你微笑啊！）

曾經有一次筆者擔任某區中學演說比賽的工作人員，在準備席上看見一位選手玩弄著一枝塑膠玫瑰花，趨前詢問，然後聽到一個讓人震驚的消息：這位選手的指導老師建議他帶一枝玫瑰花進場，不論抽到任何題目，都要以這枝花當作開場白……幸好這位選手最後聽從了工作人員（就是敝人在下我）的剴切建言，沒有將那枝玫瑰花帶上台去；後來他抽到的題目、要陳述的內

容，也完全跟那枝花搭不上關係。可見準備多少道具，都不如善用你的手勢和肢體語言。所以，放棄依靠道具吧！用「你自己」這個人，來打動所有聽眾。

禁忌　別跟評審裝熟

千萬別跟評審裝熟，就算是你真的跟評審很熟，也要當作不熟。

除了一開頭應有的禮貌道早或問好之外，不要跟評審「話家常」，畢竟場合不對、目的不同，評審也不能真的回應你的寒暄問候或問題，所以，還是把心思放在鋪陳你的演說上吧！

有些選手喜歡拿前面選手的表現做文章，在演說過程中提到前幾位演說者如何如何，又說了什麼你贊同或不同意的觀點；建議你千萬不要這樣，那是你自己高掛免戰牌、把獎牌往外推的舉動。也許當場你的演說因此而引人注意，得到台下選手的會心一笑，但也僅此而

已。臧否前面的演說，只是讓人有些不舒服（因為前面下台的選手也無法反駁或與你對話啊！），並不會真的使你的演說內容加分。

演說和談話不同，也不是一般的演講會，一些故作親切的寒暄，只會稀釋了你演說的強度、讓你想要將聽眾帶入某些思維的路徑設下不必要的路障，所以啊！演說的中間切忌岔開話題、和大家裝熟寒暄，想一想，你只有五到八分鐘可以影響聽眾，還不好好把握時間，還有空閒去東家長、西家短的繞圈圈嗎？

第三章

開始即席演說

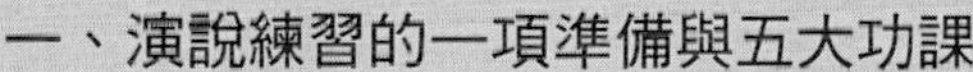

一、演說練習的一項準備與五大功課

二、審題

三、如何在三十分鐘內構思鋪陳

四、題目解析

五、萬事起頭難、談如何破題

六、字正腔圓很重要

一、演說練習的一項準備與五大功課

準備：建立你慣用的筆記

去文具店找一種你自己喜歡的、或一向慣用的筆記本。我會建議使用活頁紙的形式，除了方便隨時增添資料之外，更可以隨意抽換筆記順序。筆記頁面大小以 A4 較方便，便於攜帶也有較多的空間紀錄；但也有人喜歡用二孔式 50 開資料卡，雖然資料夾開本大小隨意，但是最好以一頁能寫完一題大綱為準。

而且，要養成一張資料紙只寫一題的習慣，千萬不要在一張紙上圈圈畫畫了好幾個區塊，容納不相干的題目與內容。試想一下：一張紙上正反兩面寫了兩種截然不同的內容，下回要整理分類時，要將這張紙頭歸在哪一類才好？若是真的不得已一張紙頭正反兩面寫滿了雜七雜八的東西，最好的方法就是別偷懶、不厭其煩地將這整張紙上的東西分別謄寫在不同紙張上吧！

筆記本確定了，就要開始將它當好朋友，隨時帶著一疊

空白筆記紙，方便隨時記錄各種發想與心得。大家都知道，靈感總在不經意的地方出現，在練演說的日子裡，應當念茲在茲、行走坐臥都會想到與演說相關的事項，將臨時想到的東西隨手記下，也許那句話就成為日後演說比賽時的致勝關鍵呢！

有些人覺得一頁頁手寫來建立自己的資料庫太慢了，乾脆買幾本作文大全當靠山，豈不更穩當？作文大全一類的範文書，並非不能參考，但要謹慎的參考。一個原因是那些範文跟你並不熟、語句運用和描述方式也許與你平常慣用的說話方式格格不入（沒經過「口而誦、心而惟」的消化，就如同不是自己生的，隔了好幾層）；另一個原因是評審老師或許對那些作文大全比你還熟呢，若是偷個一兩句來用也許還好，整篇整段的移植為你的演說內容，被評審老師的法眼看出來了，就丟臉了。再者，大部分人買來作文大全，就是隨便翻翻、然後供在桌前權當門神級書擋了，這不叫「準備」，這叫「掩耳盜鈴」求心安而已。

總歸一句：演說者不要想依靠別人為你準備各種資料，還是自己乖乖做筆記最好。

功課一：找一個你喜歡的古人來仿效

找一個你喜歡的古人，研究他的生平事蹟與著作，愈詳盡愈好，引用古人的觀點再加以發揚，既不會有「侵害著作權」的問題，也能立即提升自己論點的高度，正是古人說的「登高以望遠」。如果研究到最後，你移情別戀，發現自己已經不喜歡他了，怎麼辦？別擔心，他可以當備胎，而且絕不會有爭寵吃醋的問題。

在演說中引用古人的話語上，有些是常用熱門人選：哲學方面：孔子、孟子、老子、莊子都是熱門人選，教師組與教育學院組則最愛用韓愈的名言：「師者，所以傳道、授業、解惑者也」做開頭。外國哲人則有柏拉圖、培根、笛卡爾等。

文學方面：李白、杜甫、白居易、蘇東坡都有人愛，國外的詩人則以泰戈爾最有名，因為他的《漂鳥集》被翻譯得典雅又能琅琅上口。

科學方面：愛迪生、愛因斯坦、牛頓和萊特兄弟都很吃香，建議可以找些不一樣的人物，如研究電力學的尼古拉・特斯拉、或研究自然生物的尚亨利・卡西米・爾法布爾等。

現代版古人如蘋果手機的創辦人史提夫・賈伯斯，一生事蹟也常被引用。以上所述人物，因為常被引用，所以大家也實在耳熟能詳到耳朵快長繭了，建議可以「供參、備查」，但請你另找不那麼常被請出場的古人，以免不慎與其他選手「撞偉人、撞名言」。

另外，如果你對音樂、美術、舞蹈，或桌球、游泳、扯鈴、跳繩，還是彈古箏、吹長笛發、聲樂有研究，請在相關領域裡找出前輩翹楚，細細研究一番，然後設法在你的演說裡介紹這位專才，不但建立了你自己的特殊性，想必更能達到引人入勝的效果。

禁忌　**前面演說者提過的人物故事，最好不要再拿出來講**

許多人喜歡找媒體大眾的寵兒來做為舉例對象，媒體上紅極一時的熱門人物固然名聲響亮、眾所周知；也因為大家都知道，所以當你引用不恰當、或者被前面

號次的選手一再提起時，總會讓聽眾覺得你在「拾人牙慧」。所以，儘管準備自己的演說稿專心致志之際，也要分些精神聽一聽在你前幾位選手的演說（依照三十分鐘準備原則，在你抽了題準備演說到真正上場中間，會有三至五位選手上場演說，除非你是前三號選手）。一旦聽到與你準備引用的名人，最好立刻把內容換掉，改另一位名人；如果真的無法改掉、就要設法從另一角度來講述這位名人事蹟，切忌用相同的人、相同的故事，這會讓評審覺得「你真的沒有其他人事物可說了嗎？蒐集的資料太少了喔！」

再者，想要引用名人事蹟前，請先查證清楚明確，不可只憑一模糊印象就胡亂加油添醋，也許台下的評審，正是對你所提出的名人頗有研究呢！張冠李戴、隨便說說，可是會被看出來的呦！所以，事前準備的工夫要做足，筆記要詳盡，查證資料千萬不能只參考一處，尤其是網路上的資訊，要多查證一些，否則引用了錯誤的資訊，是件難堪的事呢！

功課二：多多觀摩別人，模仿是學習的第一步

觀摩別人的演說，看錄影也好、現場觀摩當然更讚，就是要觀摩別人是怎麼發揮題目？怎麼鋪陳與陳述自己的觀點？

歷年全國演說與朗讀比賽都有錄影，而且可以購買，網路上稍一查詢，你就可以發現了。（別問我販售所得歸誰？我只知道在填寫報名表時選手們必須另行簽定「著作權授權書」，意思就是你在這場比賽中的演說、朗讀、作文及書法等的著作權，已經屬於比賽主辦單位啦！）

我會請學生仔細觀察別的演說選手的儀態、音調、表情和肢體語言，看錄影的好處，就是可以隨時暫停、倒帶、再看一遍；你可以一句一句跟著複述、學習聲情的表現，也可以一段一段分解了來練習。接著請學生把觀摩對象的演說內容寫出大綱，從分析別人的演說大綱中，了解口說作文的組織架構，寫一寫別人的演說稿大綱、再分析一下，人家為何如此呈現？想一想，如果是你，你又會如何安排敘述的順序？多做幾次架構的分析，你會發現自己成長頗快喔！

禁忌 千萬不可以把別人的演說內容原封不動的搬過來用

在此順便一提：有些人在看了別人的演說之後，覺得那篇真是太好了、或是那個引用真是太美了，就把它背了起來，準備下回也拿出來用。

請不要忘記有個叫做「著作權」的規定；再者，評審老師一定對若干年之內的演說都看過了，連筆者這樣記憶力不太好的人都能告訴你，你「借用」了某年某名次的演說內容，專門準備此次比賽的選手們也都能聽得出來，而聰明又眼光犀利的評審們當然更是清楚記得了啊！在全國賽的場合，「借用」別人的演說稿是貽笑大方的事，所以，觀摩的方向要對，應該學的是內容組織架構、表現手法和儀態，千萬不能照本宣科，像影印機般複製。

功課三：同一個題目，最少要練講三次

正所謂：「文章不厭千回改」，演說也不怕千回練。說「千回」是誇飾法，其實，同一個題目練三遍，就會發現箇中差別了。一個題目，不要以為講完一次就沒事了，聽過指導老師的講評、再回頭看看自己練習的錄影片段；凡是自覺有不足、可以修改的地方，就要統整起來、重新安排之後，不吝惜時間精力、再講一次。就算是對著這同一個題目，砍掉重練，重起爐灶去詮釋它，也是不錯的練習。

有些人覺得題目已經五花八門、包羅萬象了，這麼多不同的題目、每題一練、都已經練不完了，哪有時間力氣去對同一題一講再講呢？其實針對同一題目多次練習，換來的不只有精熟一個題目而已，你可以在多次重複練習中，對聲情、肢體語言的表現有更深刻的體認，進而對自己說話表達的方式有更精準的掌控。而每次針對不同類型的題目重複練習，練習次數多了，就可以涵蓋到大部分的面向，至於平時準備的各種小故事，更是可以在不同面向的題目中重複出現，只是針對的點不同，就會讓人覺得像是量身訂做一般。

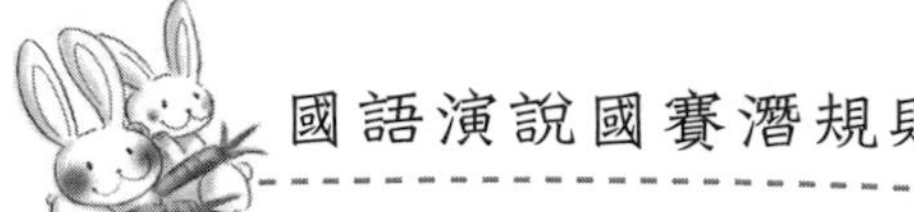

另外，現在智慧手機普遍、人手一機隨手錄影也很容易，我們要善用高科技的優勢與便利。以前只能要求選手對著鏡子說話，結果許多選手只能窩在家裡的浴廁間練習、或對著臥室裡的穿衣鏡練演說，偏偏浴室和臥室給人的環境氛圍差太多，常常講到「感覺怪怪的」。現在可以在正式的講台上練演說，用手機錄影起來，自己慢慢觀看，既方便又可以重複看；甚至於利用網路傳輸，把自己的演說錄影傳給指導老師……遠距教學於焉產生。

回顧自己的演說錄影，需要很大的勇氣，是一種深刻的內省功夫。許多人在一開始總是打死也不願意回顧自己的演說錄影（倒是對觀摩別人的錄影興致高昂），心理上覺得彆扭。但，回顧一次勝過盲目練講多回啊！往往指導老師說了某口頭禪要拿掉、身體姿態會習慣性的歪一邊或只用一手做手勢等等，演說者自己毫不自覺或總改不掉，看完自身的錄影之後，才會深刻有意識地想要糾正這些壞習慣，才能真切的改變它。

功課四：拜師學藝要先「拜師」

這裡所謂的「拜師」，並非一定要找一位老師來教（能指導演說的老師不多，我很清楚，否則也就不必寫這本書了），如果真的沒有老師可教，如何是好？

很簡單，先在心中設定某位你曾為之折服的演說者（或教學者），在心理圖像中，時常浮現他說話的樣貌，自然而然，你的動作表情與表達方式，就會有了那人的影子；此為我所謂「拜師」（有點兒當年孟子私淑孔子的味道，孟子自稱以孔子為師，他們可是相差了兩代人，根本來不及見到面呢！）。

「拜師」是快速建立自己風格的一種方式。雖然另闢蹊徑、自成一家是演說的最高境界，但面對那迫在眼前的講台，有時「拜師」是個不錯的捷徑，它可以讓你穩穩地上台、順暢流利的演說之後，又能微笑的下台。

有些國語不太標準的選手，也可以拿朗讀選手的錄影來「拜師」。照著朗讀者朗讀的發音，一字一句跟著唸，最後練習用自己的聲情來表現同一段話。這樣多練習幾次，糾正

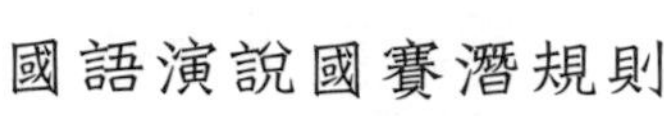

發音的速度可以加快。

「拜師」不限一位老師，學習也不限一種方法，最重要的是要誠心學習、願意修正自己的缺點，如果起心動念是願意修改，則自然能改；若只是心不在焉、被迫而為，則神仙難救。

功課五：參加語文競賽，五項都該練一點

語文競賽的項目針對讀說寫作而來。項目為演說、朗讀、書法、字音字形和作文。雖然目前的比賽規定每位選手只能參加一項比賽，但是，身為選手不能真的只練那一項，多多少少還是要涉獵一下其他項目。

練演說的選手，也該練練朗讀藉此矯正發音、練聲情；更該練作文用以練習解題、擬大綱。

練朗讀的選手，也要練字音字形，以免抽到一整篇有太多生字的文稿，連查字典的時間都不夠；更遑論先順過整篇朗讀稿的文氣，一上台只能結結巴巴逐字念去，那就糗大了。

練字音字形的選手，也要練書法。不但要擁有一筆好的、書法級的硬筆字，還要求寫字的速度夠快，這樣通篇字形結構勻稱的答案卷，會讓閱卷老師批改順暢，也減少因筆畫錯誤而被扣分的機會。

練作文的選手，書法固然要練，演說的鋪陳方式也要學。

練書法的選手，書法講究通篇文字要有「文氣、筆意」，練字音字形和作文，可以讓書寫者更明瞭整篇書法內容之意境，使得通篇書法更活躍。

當然，以上種種能力，都奠基在廣泛閱讀之上，先要有基本的閱讀素養與一定的國學知識，再加上以上的種種練習，自然能拿到漂亮成績。雖然，我們的閱讀與學習不是以漂亮成績作為唯一目標，但是若能在比賽中如魚得水的發揮自己，想必也會有個讓自己滿意的成就感。所以啊，當你練某項比賽練煩了，換換練習方式也不錯，說不定還會有新發現喔！

二、審題

演說需要創造屬於自己的風格、但不能離題。

別人的故事不見得適合自己，每個人都有自己的敘事風格，風格無所謂對錯，做自己才能展現魅力。

所謂「做自己」，還是必須在題目的框架之下，評審要聽的是：「你對這個題目的看法、意見、或親身見聞體驗」，而不是天馬行空的自我表述。但同樣一個題目，每個人想到的方向不同，陳述的方法也不會一樣，這是演說有趣的地方，也是朗讀所沒有的自由。朗讀要的是朗讀者極力去詮釋作者在文章中表達的情感，就算你今天心情愉快，若是抽到了朗讀篇目是韓愈的《祭十二郎文》，你也得皺起眉頭、眼眶含淚的朗讀它，總不能眉開眼笑的詮釋這篇文章。但是演說可就自由多了，今天如果你心情愉快，當然可以高高興興地與大家分享愉快的故事、美好的希望。因為演說的內容是由演說者自己擬定的，甚至於你在台下擬好了大綱，上台前一刻突然靈機一動，把大綱做了修改重組或增刪，也不會有人（指導老師或評審？）跳起來打斷、指責你說的與

準備的大綱不符，每位聽眾只會沉浸在你鋪陳的景象之中。

審題很重要，要先了解了題目的意涵，「借題發揮」時才不致錯了方向。

以下舉一些演說題目當例子，探討如何審題。

題目：《讓我後悔的一件事》（105年國小組題目）

要點：只能講一件事，但是要鋪陳這件事，會有前因、過程和結果。要清楚分析為什麼這件事讓我後悔？後悔之後呢？學到了什麼？亡羊補牢，猶未為晚；從後悔的事件中學到教訓，以後該怎麼做？或是在下一次碰到類似事件時，學會如何處理面對。

題目：《早餐時分》（105年國小組題目）

要點：在早餐這段特定時間，會發生的事或景象。

在早餐之前，是什麼樣狀況？每個人情況不同，有人早早起床，有充足時間準備，在家享用早餐；有人特地早些出門，先到早餐店報到，坐下

來邊享用早餐邊看著報紙或手機；有人拖到最後一刻才完成所有起床、梳洗、穿衣及出門的準備，惺忪著睡眼，攜帶了早餐搖搖晃晃到學校教室。教室裡一大早充滿了各式早餐味道的「早餐會報」也很精彩，只要老師不在教室，大家就會邊吃早餐邊聊天；人人都知道早餐很重要，營養與從容卻很難顧到，改變生活習慣就從早餐時分開始。

類似的題目還有「下課十分鐘」、「放學後」、「晚餐時分」，一樣要記得聚焦點在那個特定時間。

題目：《屬於我的電視節目》（105年國小組題目）

要點：「屬於我的電視節目」，定義上要先釐清，電視節目的播送是廣泛而全面的，這裡的「屬於我的」是心情的感受，而不一定只有「我」一個人在看這個電視節目。也許看電視的時候是和家人、同學一起觀賞的。但是這個節目非常吸引我，我覺得它很有趣、我很關心這個節目的進

展，講到這個節目會讓我興致盎然、兩眼放光、說來如數家珍……這才叫做屬於我的電視節目。

題目：《我的新體驗》（105年國小組題目）

要點：到一個從沒去過的地方，做一個從沒經歷過的活動，玩一個從沒玩過的遊戲，是新體驗；但是從一件原本平淡無奇的事物中，有了一個不同的體認，也是新體驗。新體驗著重在「體驗」，就如野人獻曝，曬太陽對你而言若有了種新體驗，也是可以拿來介紹給所有人的。可以從當個旁觀者時說起，看著別人做這事的時候覺得很容易，但是等到自己親身去經歷後才發現原來不簡單，經過摸索練習之後的心得想法，延伸到日後要介紹別人去做的時候，又是怎樣的心情。

題目：《如何成為別人的好朋友》(105年國小組題目)

要點：先定義什麼是好朋友？只有對自己和善的才叫好朋友？或是對自己有幫助的人才叫好朋友？推己

及人，自己會想要怎樣的好朋友？所以對待別人也該如何去做。

可以回頭檢視自己的交朋友方式、回顧自己如何和某人成為好朋友的過程，經過經驗、思考、觀察、歸納之後得出結論：「怎麼做」，可以成為別人的好朋友。當然這題想要不像老師上課說道理，就要舉幾個小故事來穿插，以免流於「訓話」喔！

題目：《我心目中的英雄》（105年國小組題目）

要點：先定義「英雄」，是完成不可能的任務？還是有超強大的能力才華？或是擁有不可思議的專門能力？你認為什麼樣的人是「英雄」？

如：勇敢。勇敢是克服自己的恐懼和障礙，也許這個恐懼是大家都存在的，而這位英雄克服了它、達成任務；也許這個障礙是單獨存在這位同學身上的，是他生理的某部分缺陷，但他仍然努力克服缺陷，或找到變通的方法讓自己一樣能夠

完成任務；這些都是勇敢。

如：善良。善良是能在別人迫切需要時，適切的幫助別人。善良的人會有顆同理心，有時並不需要幫人把事情做好、做完，而是在對方有困難時，給予對方一段陪伴。

如某方面能力過人。也許每個人都有相對擅長的項目，但是沒有人能不經磨鍊就把擅長的項目做到頂尖完美；在任何一項領域中，想要能夠出人頭地，都要經過不斷的磨鍊，「英雄」的表現不在於先天的天賦，而在於後天歷經的鍛鍊。

國中組的題目有些與小學組題目雷同，但也有需要深刻體會、接近高中組的題目。抽到題目時，先要了解題意。例如：《翻開書頁之後》。（105 年國中組題目）

翻開書頁指的可以是學科課業的課本、也可以說看課外書（小說、雜誌甚至漫畫，當然，你要說《古文觀止》還是《詩經》、《楚辭》都可以），最重要的重點，應該在「之後」二字，接下來呢？你做了什麼事？你的想法如何？

「翻開書頁、我好像開啟了一扇時光之門，翻開書頁之後，我就進入了一個不同的世界。書頁是個奇妙的機關，它好像小叮噹的任意門，翻開它就如同開了一扇門，我常會隨著踏上一段未知的旅程。有一次，我翻開了一本書，書名叫做《墨水心》，一下子我就踏進另一個神奇的、書的世界裡。書中的主人翁是個以整理書籍維生的中世紀書匠，在中世紀的緩慢步調中，我看見火光搖曳下辛苦工作的人影，甚至可以隱約聞到木柴燃燒與皮革硝製混合的氣味。我跟著主人翁用朗讀的方式，進入主人翁製作的書中，召喚來奇妙的強盜、神偷與魔術師。」

用上面這段文字敘述當開頭，想必能吸引許多人聚精會神地聆聽，大家都想知道接下來發生的故事；這比「翻開書頁之後，我開始振筆疾書，計算著一道道例題、習題和相似題、課外題、延伸思考題」；要來的有趣多了吧！

《翻開書頁之後》和《國中生該讀什麼課外書》、《我的讀書方法》、《一本感動我的好書》等題目有異曲同工之妙。

其中《我的讀書方法》，又有另一角度的解讀，可以是閱讀課外書，也可以講講學習課業知識，念課本的讀書方法；這時，定義很重要。

定義題目，要明確，但敘述最好不著痕跡。否則，容易把整篇演說變成定義題目或是書摘報告、大意敘述等，沒有自己的見解、只停留在大意說明，雖然說的也是故事，但卻是那本書所描述的故事，這樣豈不可惜？要談書摘、要敘述書本的故事大意，讀者自己看書就可以了，你這篇演說只能算幫忙宣傳而已，甚至於算不上打動人心的宣傳，自然不是一篇吸引人的演說。

以高中組的題目來說，例如《知足與感恩》，重點在於看待生活事物的眼光，先有知足的心，才有感恩的意；最後是用知足與感恩的態度面對家庭社會國家。

如果你只是強調知足的定義或感恩的方法，就會流於瑣碎的說文解字，像字辭典一樣解釋每一條詞目，就成了乏味的演說（倒有點兒像上課，而且是最枯燥的上課方式）。請千萬記得，演說，不是為說而說，要言之有物、言之有理、言之有序。

面對〇〇與××的題目，要先釐清兩個相對語詞的關係，是因果從屬關係？（知足與感恩），還是一體的兩面？更有甚者是相反的兩件事？

如「理性與感性」。

理性與感性似乎是對稱的詞，但其實需要「兼具」，而不是偏廢某一方。這議題可以分三個層次，一是個人的待人接物應對進退、二是面對學校（工作）、同儕（生活）與家人的方式；三是面對社會國家地球村應具備的態度。

「我們懷抱感性的熱誠、用理性的工作分析去完成任務。」

如《高中生活的美麗與苦澀》

這一道題常是完成一件社團活動、熱血訓練、拚命苦讀準備大考、談戀愛等各種事務、考驗的過程。你不一定要把上面的每一個面向都加進演說內容中，畢竟，高中組的演說也只有限時五至六分鐘而已，每一個向度全方位提及，就如蜻蜓點水般掠過，既不深刻，也難讓人記得；倒不如挑一個

面向來陳述，最重要的，要強調：高中生活，可以從苦澀的養分中，開出美麗的花朵。或是：身在福中不知福，當下覺得苦澀的，回顧起來卻有幾分美麗。也可以用一件事的一體兩面來發揮。

禁忌　不要花大篇幅、長時間去定義題目

澄清題目的定義固然重要，但那是內在的先備功課，並不是演說重點，請不要劃錯重點、花大把演說時間在定義演說題目。有些選手很喜歡對評審講課，甚至於把《說文解字》都搬出來，一個字一個詞解釋題目。對評審而言，大家想聽的是演說者在定義好題目之後，從題目衍生而來的觀點與個人作法、或更進一步前瞻性的想法，千萬不可以只在題目本身上轉圈圈。

如社會組有一題是：《談自信與謙虛》。如果只在描述某朋友的行為充滿自信或相反的很沒自信、某朋友的行為觀念停留在自大傲慢、不知謙虛；或是某場合中謙虛的人與自卑的人迥然不同的表現回應；這些雖是生活周遭的小故事，也在談論自信與謙虛，但是只流於定義題目的第一層境界。

第二層境界會把自信與謙虛做對照，衍生出「真正有自信的人會表現謙虛」的小結論，並且可以據此探討如何讓自己有自信，產生自信的因素有哪些。

第三層境界就會把老子的哲學境界融入「上善若水、水善利萬物而不爭」，把自信與謙虛提高的哲學境界，為而不有、充而不盈，自信與謙虛可以為天下之至德。

三、如何在三十分鐘內構思鋪陳

從抽到題目開始，有三十分鐘的準備時間。這三十分鐘當然必須好好運用，詳細規劃出個個準備的步驟，是筆者一向指導選手們的基本方法；當然，明瞭熟練之後，每個人又會依照自己的習慣將這一套基本方法略加改變，成為自己最適應的準備步驟。

時間	工作	內涵
5分	審題、聯想	默念題目三至五遍，先審題，甚至可以用不同的斷句去念題目，以便充分了解題意。了解題意之後再針對題意做橫向或縱向的聯想。
10分	擬大綱、列佳句	歸納自己的聯想成為一段段大綱，大綱以三至五個為準。中間安排串聯用的小故事或名言佳句，如果真的太緊張、一時之間無所適從，翻看自己的筆記可以提供思考的線索或方向。
5分	第一次試講	在預備席上無聲試講，第一次以通順邏輯、鋪陳大綱與安排小故事段落為主，並且注意所需時間，時間若不足或太長則需要回頭檢視大綱、做修改。
5分	第二次試講	在預備席上口型完整的無聲試講，加上手勢練習，除了記牢大綱順序之外，也要注意時間掌控。
5分	第三次試講	雖然是在預備席上，但是除了無聲、用完整口型練講之外、手勢、肢體語言與表情都要練習到，演說題目更是要牢記。

經過以上三次無聲試講練習之後，等到上台時開始演說，已經是第四次演說了，當然表現起來就會如行雲流水、自然而且通暢，也不容易有卡住忘詞一類意外啦！

關於演說，最重要的還是內容，「演說內容」是演說的靈魂。翻開演說比賽評分規則來看：

語音（發音、語調、語氣）佔 40%，

內容（見解、結構、詞彙）佔 50%，

台風（儀態、態度、表情）佔 10%

以上的評分規則是 106 年新訂，由 105 年的「語音內容各佔 45%」改為內容佔 50%、語音佔 40%，由此可見演說內容受重視的程度。仔細分析，語音和台風部分應該是平日練習就可以準備充分的，內容部分就要好好探究了。內容是演說的靈魂，一篇好的演說，自然是內容打動人心。

從演說內容評分項目再來分析，評分項目包括「見解、結構、詞彙」。所以個人見解很重要，演說時提出的見解想要能出奇創新，有獨到的見解，就是靠平日的積累，除了多

閱讀之外，多發表也是很重要的。閱讀是將別人的觀點內化後、分析思考、打開視野廣度、增進思考深度，讓所閱讀的內容成為自己觀念的一部份；但如果只是「讀」（輸入）、卻沒有「講或寫」（輸出），還是會有滿腹經綸、卻不知從何說起的窘態。所以，「輸入」固然重要，「輸出」也必不可少。

剛開始的「輸出」練習，不論是練習說或是練習寫，可能一下子不成篇章；不要想一步登天，正如俗諺所說：「飯要一口一口吃、路要一步一步走」，剛開始面對演說題目時，可能只想到一、兩句名言佳句或俗諺，沒關係，先把它記下來。再用擴散性思考的聯想方式，先做聯想。當聯想歸納成整篇演說的骨架之後，一段段建立起有血有肉的內容。

以下介紹兩種常用的思考方式，可以做為發想演說題目的工具。

小撇步 擴散性思考的聯想法

擴散性思考指的是我們「根據既有的訊息來產生出大量且多樣化的訊息」（引自教育部教育 WIKI），是訓練創造力的一環，擴散性思考是可以經由訓練引導而增強的。

舉例來說，當抽到一個題目《談談「水」的種種》（104 年國小組題目），

一、先做第一層聯想，列出「水」的特點：海水、淡水、水循環、水污染、水火不容、冰山……等。

二、由第一層聯想推展到的二層聯想，如從海水聯想到它不能飲用卻生養萬物、因為垃圾汙染而有了個塑膠漩渦在海洋中、海洋汙染日趨嚴重的後果。又如從冰山聯想到它是造成海水洋流流動的推手、地球暖化促使冰山溶解會造成海平面上升……等。

三、最近流行尋找碳足跡，其實我們可以去探尋水的循環、水足跡；跟著水的循環走一圈，就更了解乾

淨水源得來不易，唯有深知水的珍貴、才會更加珍惜水資源。

四、這顆藍色星球的表面積有 71% 是水，但是其中 97% 是海水，除去 78% 的淡水在兩極冰山、21% 的地下水，在地表流動、人類真正能夠賴以生存的淡水只有全部地球水含量的萬分之零點零一二。唯有珍惜水資源，才是人類生活能長長久久的關鍵！

以上這些屬於擴散性思考後所得到的成果。

擴散性思考使用樹狀圖圖示

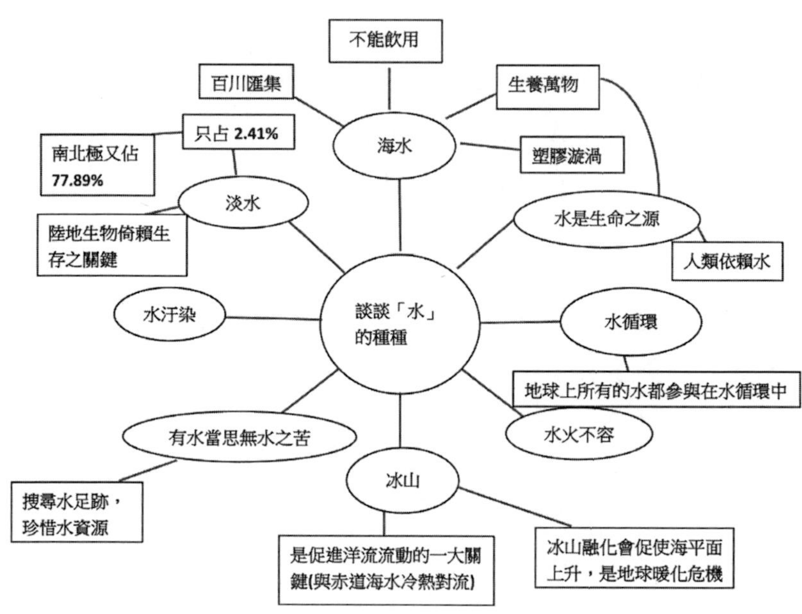

接下來，要用聚斂性思考來歸納統整。

小撇步　聚斂性思考的歸納法

聚斂性思考是「藉由一些事實，歸納或選擇一種正確的結論時，所需使用的思考方式。針對難題、求取解答時，習慣將問題範圍縮小，集中注意去尋求唯一答案的思考取向，就是聚斂性思考」。（用自《教育大辭書》）

針對以上擴散思考後的各種情景與名詞，做一篩選與統整，就可以成為三段論述。

第一段：正面敘述水的重要，它是一個星球能否找到生物的指標。

第二段：反面敘述目前水資源面臨的危機，如冰山因暖化而消融、海平面上升侵蝕陸地、海水受到汙染甚至造成海洋中的塑膠漩渦、人類化學物汙染土地與水源……等。

第三段：綜合論述，現今我們彌補前述汙染的方法，還是要讓大家先了解「水足跡」、並且清楚知道人類需要永續經營水資源、能讓生命長長久久、生生不息。

擴散性思考的內容通常瑣碎而漫無章法，想要有結構的完整敘述，還是需要輔以聚斂性思考。

當然，聚斂思考之後，還是需要添加一些小故事讓演說不要太呆板僵硬。

聚斂性思考歸納大綱圖示

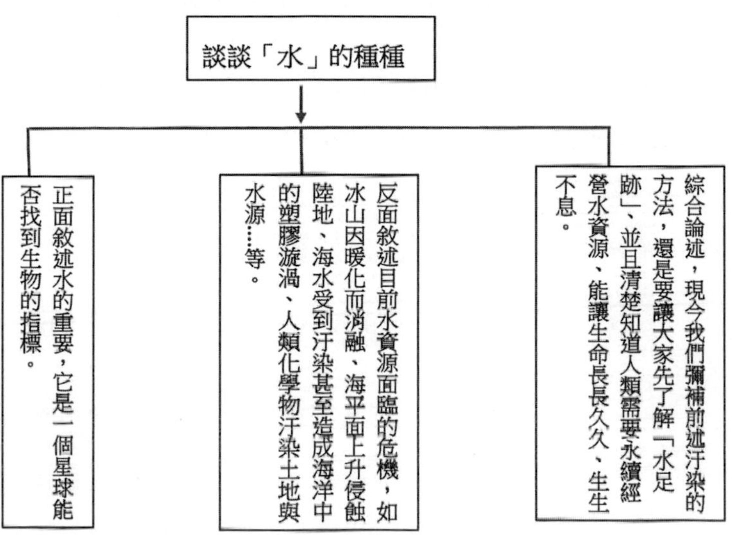

四、題目解析

國小組的演說題目會偏重在生活經驗。

生活經驗不一定是要到處去遊山玩水、走遍鄉村城市或國內外，也不是一定要見多識廣多才多藝，學習各種技能；生活經驗只要能觀察深刻、仔細體會，並且和自己的閱讀、學習相結合，就能說出有趣又引人入勝的故事。

是的，你沒看錯，故事。

小學生其實用不著說太多的大道理，雖然平日在教室裡總是正襟危坐地聽著老師說大道理，但是可不能直接複製在演說台上、對著「專門講道理給別人聽」的評審說道理。畢竟，小學生有小孩子的天真可愛與童心，如果今天是參加「說道理比賽」，那麼就來條分縷析、每個人用一篇四平八穩的論說八股文來個起承轉合吧；但今天是「演說比賽」，演說是有演有說，要能吸引人、打動人心的，還是用說故事的方式呈現，把一、兩點道理或哲學上的發現，放進故事裡，這樣的演說就成功了。

用小學生童心的眼光看世界，自然會有不同的發現體會，同樣的「夏天蚊子多，圍著人嗡嗡地叫，好煩！」在沈復的筆下，就成了「夏蚊成雷，私擬作群鶴舞空，心之所向，則或千或百，果然鶴也……留蚊於素帳中，徐噴以煙，使其衝煙飛鳴，做青雲白鶴觀」；連最平常的「打蚊子」，都能成為一種深刻的生活經驗。所以，對小學生而言，生活經驗並非沒有，而是看你如何解讀？又如何表達？

所以，國小組學生在演說練習時，要先了解自己、也要會安排自己。

國中組題目很有趣，其中有一半左右的題目偏向小學，另一半題目則偏向高中。有沒有專屬於國中生的題目呢？有，很少。

國中組的題目除了生活經驗的描述之外，要加上較多些自己的觀點，當然觀點要有層次，也要多個角度，不專注於一個面向、能兼容並蓄，是國中生要面對的課題。

在 105 年全國賽的國中組的三十題題目中，有十幾題偏向作文題目，如「美夢成真、古厝、選擇、燈海、等待、傘

下風情」等。面對這樣的題目，需要另闢蹊徑，否則很容易因為過於「詩意」而演說不見重點，或因篇幅過短而時間不達標準。

以「選擇」這題目為例，很容易一開始就聯想到很美的排比句：

「風帆選擇海洋、鳥兒選擇飛翔，我選擇的人生方向，在環遊四方！」

接下來呢？接不下去了。因為自己掉進浪漫詩意的氛圍（陷阱）之中，很難跳脫陳述的風格，就只好卡死在當場。

所謂另闢蹊徑，就是一開始不能以「詩意的陳述風格」去定位題目，而要以「名言」事例的方式去構思，讓演說一開頭就定調為偏向說理的記敘文，才能「侃侃而談」的講下去。如果開頭改為：

「我們生活中充滿了選擇，小自今天早餐要吃什麼？大至未來要念技職學校還是一般高中？每一項選擇，都要耗費精神力氣，也都要承受隨選擇而來

的後果。我們班上有位家境較為清寒的同學，雖然他的課業表現很亮眼，一直是班排前五名俱樂部的會員，但是他卻選擇不唸高中、要去技職學校，希望早日結束課業，並且習得一技之長後可以快速進入職場工作；他說，念職校是他的選擇；但我們都知道，這是愛看書、學習力強的他，不得已的選擇。

是的，『選擇』必須參考現有的條件，在有限的條件下，我們做出最適切的選擇，如何做決定，除了個人的智慧，我們也可以參考父母師長或專業人士多方意見。而選擇之後呢？還要身體力行、確實的實行它，『審慎選擇、忠於選擇』這才是選擇背後的重要意義。」

這樣敘述風格稍加改變，就有完全不同面貌陳述，也會讓演說更吸引人。

國中生面對的多是課業壓力與同儕關係兩大面向，所以，題目也最常出現這兩個面向的困境。選手在準備時，可

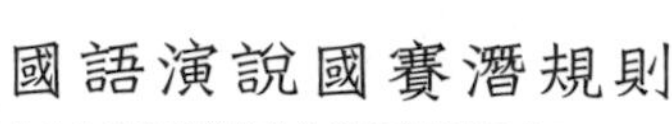

以參考一些教人處理身心困境的書籍，你會得到不同的啟發。

高中生活可說是青春歲月的代表，舉凡學業、社團、同儕、戀愛、打工、遊學……生活層面多采多姿、無所不包。所以，演說題目也是全方位的。尤其是身為高中生，古文學養應有一定程度，所以高中組的演說題目中常可見到一定比例的古文，筆者在此誠心的建議高中組演說選手，進比賽場時要記得帶上一本《古文觀止》（最好還加上有參考注音，以免念錯題目，就貽笑大方了）。當然這本《古文觀止》不是你的案頭擺設，平時就要和它親近一番、多多翻閱，最少知道一下章節大綱，就算背不起來也得要有個印象，若是真的抽到古文題目時，才知道往哪兒去尋找。

除了古文題目以外，高中組的題目也會有隱喻題，如《如何面對少年維特的煩惱》（100 年高中組題目）或《站在巨人的肩膀上》（104 年高中組題目）、《站在生命轉彎處》（103 年高中組題目）。這時，也許要先了解，「少年維特的煩惱」是在說愛情、而且是暗自喜歡的感覺；而「站在巨人的肩膀上」是牛頓的名言，比喻今日我們現有的文明

成就是來自許多前輩偉人的智慧積累，而我們有幸承接了這些智慧並得以發揚。「站在生命轉彎處」則提醒遇到危機或逆境考驗時，身為一個高中生面臨選擇所抱持的態度與處理方式。以上這些題目需要平時較廣泛的涉獵才容易了解；這樣說起來，你會不會想帶一套百科全書進比賽場了呢？

另外，高中組還有一種題目，屬於高中階段特有的，如：《我看現今的高中校園文化》（104 年高中題目）、《高中生活的美麗與苦澀》（103 年高中題目）、《高中生活的美麗與哀愁》（105 年高中題目）、《談高中生的時間管理》（104 年高中題目）這一類的題目指的「高中生」當然包括高職生或五專前三年的學生，嚴格說來還有日間部和夜間部的學生；只要在這個階段就學的學生都是廣義的「高中生」。

如果你不是就讀一般普通高中，是高中階段技職體系的學生，那也很好；有了跟一般高中不同的求學歷程，也就有不同的學習經歷可以發揮，可以把演說的內容擴及到另一番視野，千萬不要畫地自限，把範圍說窄了。

社會組題目包羅萬象，也憑各人的歷鍊而有不同解讀。

曾經社會組出現了一題《老年讀書如台上玩月》，光看這題目，以為只有年齡稍長的長者才能談論；其實，要先知道原文出處，這句話出自張潮的《幽夢影》，原文是：「少年讀書如隙中窺月，中年讀書如庭中望月，老年讀書如台上玩月；皆以閱歷之深淺，為所得之深淺耳」。重點應在於最後這一句「閱歷之深淺、為所得之深淺」。

像這樣的題目，就需要平時廣泛閱讀的積累，才能了解出處與題意；但若真的一時找不到出處，也儘可以從題目的字裡行間猜到「年紀與閱歷到達一個境界，讀書便如賞玩月亮一般，由不同角度解讀、或者雲淡風輕的看待了」。

參加社會組的選手本就來自社會各行各業，所以也各自有其閱歷、本身都有另一份專業；許多題目到了社會組的範疇，且看各自表述，相當有趣。

也因為社會組選手的多樣性，所以許多演說題目會強調「某某現象之我見」，要的是個人觀點，但是個人觀點中，也要有胸懷社會國家世界的氣度，這又回來到層次高低之別了。

社會組有時會碰到與「政治」相關的議題，這時要特別小心處理。

國父說：政治乃眾人之事，談到「政治」，似乎是個敏感話題、在國賽中似乎有如禁忌般的存在；但是其實我們每個人的生活都會被政治影響，既然無法自外於「政治」，倒不如心平氣和、公正的評論它。只是在演說之中，心胸要開闊、眼光要遠大；不談論一鄉一縣某黨某派的地方政治，而是用全球的觀點來談論全人類的政治，也可以從歷史中抽取出政治脈絡；不但能多所著墨，也不易落入怨懟、嘲諷或情緒化的窠臼。

教育院校學生組題目除了「教育」，也有古文題。教育院校學生是未來的為人師表，也是教育界的生力軍，演說題目自然偏向對教育願景的規劃與教育實事的剖析，當然也有些古文題目偶會出現，建議選手對於古文的名言佳句應多所涉獵。

教師組題目多以教育面向出發看世界，尤其七至八分鐘長度的演說時間，有利於展現自己的各種教學經驗。所以，有豐富教學經驗的教師自然能將自己的教學經驗貫穿在演說

中，侃侃而談；若是較為年輕資淺的現任教師，不要忘了多跟前輩教師請益，將前輩教師的各種經驗借用過來，豐富自己的教學視野，則自然有主題可陳述了。再者，無論是社會組、教育院校學生組還是教師組，都不要忘記將教育的影響與社會脈動結合，畢竟，教育是為了支持美好社會，而社會的進步則是期待從教育著手，每一個年齡層的人有不同的社會體認、都該有不同的教育視野。

以下提供個別題目的解析給大家舉一反三。

題目解析：《我對環保的認識》

這是小學生組的題目，但是可以出現在其他年齡層的組別，不同的年齡層，應該有不同的體驗和視野。

小學生：環保是隨手做的各種小事，積小成大、積少成多，以身體力行去減少資源與能源需求；如果能進而影響周遭的人，就已更上層樓。

國中生：環保的定義要探究的更精確明細，更了解生態系的循環過程，甚至於可以從動手做實驗、擬定科學研究主題作為陳述方向（如某一年有國中學生以研究麵包蟲體內分

泌物分解保麗龍做為科學研究主題，得到科展佳績之外，更讓社會重視環保議題）。

高中生：可以針對環保與個人修養、對國家社會的義務、身為地球公民的責任作為串連，探討綠色和平組織的使命感、探討一位荷蘭年輕人史拉特（Boyan Slat）為清理海洋塑膠垃圾的發明貢獻。

社會組與教師組：除了自己身體力行環保的概念，還要善用機會教育，讓學生、社會大眾都有更真切的環保意識，如「放生」前應先有審慎評估，否則放生只是破壞某一區域的自然生態平衡，造成其他物種的浩劫；對外來種動植物提高警覺、協助清除「綠癌」等。

題目解析：《自私與分享》

當然先定義何謂自私、何謂分享？一般認為這是面對一件事時的兩極化心態，自私無法得到認同、分享有大愛。

自私的引用俗諺「人不自私、天誅地滅」這話有點兒像「小時了了、大未必佳」一般，屬於未經證實的歪理，用這樣的句子，倒不如用楊朱的「家有敝帚、享之千金」，自私是獨善其身的想法，分享則兼善天下。

自私與分享若從物質層面進階到心靈層面，可以把層次提高。

自私也許只是金錢物質的自利，這樣的層次只限定在金錢，拉到社會上只有食衣住行只顧自己便利舒適、認為自己過的生活愉快就好，卻無視於自己的行為是否傷害了環境？是否牽引得周遭人一樣封閉？若是能轉變一下，用自私的心態或分享的精神去使用自己的時間精神，層次會更高些。

在個人層面，懂得分享的人會加入社會服務社團如慈幼社，另一種自私的人不願浪費時間精神去幫助他人，只顧打拚自己的課業、只著重自己的成績，結果可能是自私的人生活更是限縮而目光如豆，分享的人因心胸開放、結識更多志同道合的朋友讓生命更精彩。

在社會國家層面，自私的公司工廠企業會做出為賺錢而罔顧良心的黑心食品、或者排放廢水廢氣汙染好山好水，最終為消費者不信任而失去商譽；相反的有些社會公益團體卻因為著眼於幫助社會弱勢、急公好義、專門去做雪中送炭的工作而使人倍覺信賴，享有盛大的好名聲，更容易讓人慷慨解囊，這是分享大愛之後善的循環。

在國際社會中，有些國家願意接納難民，為世人敬佩而不失大國風範；有些國家卻是拉起鐵絲網，架起機槍面對無助難民，備受國際社會譴責。

結論可以拉回來強調自私與分享常常只在一念之間，只要改變自己看世界的角度，你會發現：自私的人如果真的想要讓自己的世界更美好，他就懂得要先分享。

題目解析：《我最想收到的禮物》

先要想一想，既然是「想收到的」，就表示還沒有得到，最想收到的，所以只能一項禮物，而不能包山包海。有人會說：那麼我想收到的是阿拉丁的神燈、或是小叮噹的百寶袋，等於要什麼、有什麼，就可以化一樣禮物成許多樣了呀！

想要的禮物太多樣，其實也只是分散了演說主題的焦

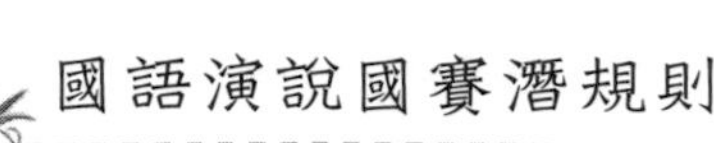

點，倒不如針對某一項「禮物」，例如小叮噹的任意門，一扇打開了就可以到世界各角落的門，講一講環遊世界的夢想。或者是一張國家圖書館的閱覽證（那需要滿十八歲以上才能申辦、而這個題目是小學生的題目），因為聽大人形容，國家圖書館的館藏包羅萬象，是所有出版品的家，我想去拜訪最大的書籍世界，讓徜徉在書海中的我更優遊自得。

也可以講「一雙可以飛翔的翅膀」、或是「一個可以優游海底、呼吸海水的肺臟」、「一座巧克力工廠」、「一個萬能機器人」……發揮你的想像力，這一題可以變成很有趣的用童心看世界。

這一類的想像力大爆發，還可以用在《如果我是……》、《我最想做的一件事》、《我有一個夢想》或《小學生的夢想》等題目上。

有些素材，是可以轉換成為適合另一個題目的，正所謂文無定法，解題、破題的方法也不是固定的，有些題目背後的意思可以相通，就不必太拘泥於為了某一個題目、一定要重起爐灶，就像一件衣服，給不同體型的人穿的時候，有些只要稍微修改，有些則另外用不同配件做搭配，就能適合不同體型的人。

題目解析：《我最喜歡的一個國字》

如果你手上剛好帶了有些基本文字學概念介紹的字辭典，就可以查查字辭典，把一個國字用語言形容來讓它具象化，聊聊這個字的字形演變，也很有說故事的感覺。再者，講講這個字的意思，與這個字擴充了成為辭的意思，擴充的辭也許不限定一個詞，如果有各種不同情況變化的詞，講起來更是趣味橫生。最重要的，這個字應該與演說者想要提的中心思想有關，就可以最後扣回題目並且解答「為什麼我喜歡這個國字？」

有些人直覺的會用自己名字中的某一字，來表述父母親對自己的期許、或是家譜排行的寓意、再來用自己名字的這個字來介紹自己，但是要記得扣回主題，否則就成了有點兒離題的自我介紹了。

當然，在用的一句話中的這個字時，可以描述不同的情境，就是一個個故事了。這一題與近年流行的「年度票選代

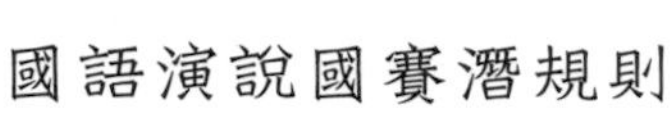

表字」有異曲同工之妙，但是當然我們還是倡議要找一個正向的、光明的、有希望可以有作為的字，不是只一個負向、批評的語詞。

題目解析：《颱風天》

像這樣的題目，有些人會解讀為「我的颱風天」，開始討論希望放假、睡到自然醒的心情，甚至形容誇張的賣場人潮，類似另一個節慶假日。但「颱風天」指的是天災，而不是「我的颱風天」那麼簡單的、賺了一天假期的「小確幸」。應該可以把眼光放在不幸家園被土石流入侵的人們、每到颱風天就要封山封路為確保安全而放棄家園、出外避難的人們。或是為了確保我們生命安全而待命的警消人員、為了確保我們生活便利而冒著風雨搶救水、電、網路設備的技術人員、還有面對自然災害束手無策、無從躲避的自然界生物……等之上；將視野放大，會有許多可以關心的現象。

類似題目還有《地震發生時》，也是討論天災。與颱風相較，地震多了一項「突然發生、不可預測」的不確定因素，有些人覺得地震比颱風更可怕就在於這突如其來、無法預防的變數。面對災難發生，除了描述當下自己的感受之

外，還要將眼光放在周圍的人、事、物上面，看看新聞、聽聽報導，了解周遭的社會受地震影響又發生了什麼故事？發生的各種事件對我們又有什麼樣的影響？受到驚嚇在所難免，但是驚嚇過後呢？是否可以發揮一己的力量伸出援手幫助別人？這就是「人飢己飢、人溺己溺」的同理心。

題目解析：《如何幫助學生面對情緒低潮》

這一題的重點在於「如何幫助」，所以除了分析常導致學生情緒低潮的幾個面向，如課業、家庭、感情等問題，最重要的，是提出幫助學生的作法。

俗諺說：「給他魚吃不如教他釣魚」；同樣的，今天學生會因為某件事而發脾氣、鬧情緒，明天也許又是另一件事成了導火線；如果只是當學生情緒低潮時的救火隊，老師可能每天都得疲於奔命、更遑論正常教學了。所以幫助學生面對情緒低潮，不是以單一事件作為解決方法，而是要教導學生運用有系統的方式來控管自己的情緒。

找到正常紓解情緒的方法、並且讓學生找到誘發情緒低潮的事物，如平時沒有固定完成學習作業的習慣、堆積了過多的作業，等到交作業的期限到來，就成為一股排山倒海的壓力，面對山一般的作業壓力時，焦慮的情緒讓無能為力的自己陷入低潮；發覺了造成情緒低潮的惡性循環是作業壓力後，就可以提醒學生制定讀書、完成作業的時間表，中斷累積作業、造成壓力的惡性循環，也不會出現因課業造成的情緒低潮了。

造成青少年學生另一大情緒低潮原因就是人際關係問題。人際關係分成同儕團體與談戀愛兩區塊，在同儕團體中，除了教導學生最基本的人際互動禮儀之外，我們還可以提升學生的自覺，知道自己該向人求助、並且能選擇適切的求助對象。在談戀愛這一部分，健全學生的心理、給予縝密周延的知識作為心理後盾很種要。

題目解析：《一件撼動人心的事》

這是105年國中組題目，但這個題目可以放在國中、高中、社會甚至教師組。題目中最要強調的是「撼動人心」，而不是「感動」或「觸動」，程度上是不相同的。

既然稱之為撼動人心，應該要給人相當大的衝擊力、震撼力。

最讓人震撼的，莫過於戰爭時婦女兒童驚慌奔逃的景象，《時代雜誌》曾經刊出過一禎阿富汗少女面對戰火、從眼眸中露出無限驚恐的照片，那照片、撼動人心，可見戰爭的慘烈。另外，像地中海難民潮造成的傷亡，那幀留在土耳其海灘上三歲敘利亞小男孩亞蘭遺體的照片，也是撼動人心的代表。從一張撼動人心的照片，追尋出一件撼動人心的事，用圖像化的描述，更能讓人感同身受。

除了戰爭撼動人心，天災、大自然的力量展現，也能撼動人心。一場移山倒海的地震，引發一波波海嘯，如日本的三一一大地震、南亞大海嘯，雖然我們幸運地並未身在其中，但是經過媒體報導，身在地球村的我們對這天災造成的影響還是感到震撼不已，依此類推，找到一件撼動人心的事不難。撼動人心之外，就是我們可以如何去做。

除了共襄盛舉、捐款賑災之外，我們是否應該改變面對大自然的態度？

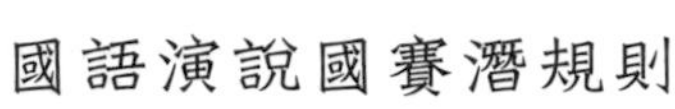

對於這件撼動人心的事，你可以提出自己的省思，雖然有天災人禍，但是我們還是抱持正向積極的態度去面對。

五、萬事起頭難、談如何破題

「破題法」在作文技巧中又叫「開門見山法」，是在文章一開頭就用三五句話闡明題意，接下來的文字都在解釋「詮釋為何如此思考」。在演說中，為了讓聽眾印象深刻，並能緊緊跟住演說者的描述節奏，所以常用「破題法」來開始演說。

破題通常會有幾種技巧，讓人覺得氣勢磅礴、或者理論玄妙。

一、引用名言

引用名言要注意適切性，更要注意這段名言是否曾經被斷章取義了。如莊子的「吾生也有涯而知也無涯」被引申為活到老學到老、孜孜不倦的精神；但是原文整句話卻是「吾

生也有涯而知也無涯，以有涯隨無涯，殆已！」意思完全不同，莊子在說的是「生命有限而知識無窮，不必用有限的生命一味追求知識，為了求知而求知，就糟了。」換句話說，莊子這句名言應該是在提醒人們要有系統、有目標的學習。引用這樣的名言，就要把整句意思先弄明白了再來說，千萬不可斷章取義，以免貽笑大方。

引用名言可以從平時養成習慣，練習將一段話用自己的句子說出來，然後去尋找和自己意思貼切的名言，再引用名言、將它放入自己這一段講詞中；如此多練習幾次，就更能適切流利的引用名言在自己的演說語彙中，這樣講起名言佳句才不會顯得突兀。

至於名言佳句如何尋覓？平常多閱讀是最根本的辦法，閱讀之後勤做筆記才能將那些流過眼前的字句攔截下來，並且活用之後才能成為自己的一部分。當然在現今搜尋引擎發達的現在，可以直接搜尋關鍵字「名言佳句」，你會發現跳出千萬筆資料使人目不暇給。但是千萬不能照單全收，還是需要細細挑選，仔細考據一下；畢竟網路上搜尋到的資訊有些是錯的，不多求證一下就拿出來用，造成了反效果可不好。

二、佳句排比

既然佳句名言無法完全貼切的為我所用，那麼自創些佳言美句總是可以吧？自創佳言美句也是一個好方法，最好在自創的佳言美句中，善用排比、層遞和押韻，就更完美了。

用相對關聯法，可以創出許多耐人尋味的佳言美句。

如船隻與海洋：

以信心為槳、理想為舵、揚起堅持的風帆，航行在人生的海洋。

謹守理想的舵、勤用堅持的槳、揚起信心的風帆，無懼變換的人生海洋。

如植物的生長：

用愛心做泥壤、耐心做陽光，加上智慧串成的雨露滋潤，讓「教育」這棵樹更加茁壯。

三、提問自答

「設問法」是很多作文專書中喜歡提到的方法，它能勾起讀者的興趣、也能在讀者內心產生呼應；因為文本內容無法當面見到讀者，只能由作者與假想的讀者對話，而文本到了讀者的手中，就變成了讀者與想像的作者對話。在這樣的心理歷程中，紙本上的設問，就是作者跳出文字的框架，直接伸出一隻手握住讀者思緒的技巧。

針對人類天生喜歡追求答案的本性，設問法提出的問題，正是引領讀者追尋答案的利器。而演說中的提問，因為聽眾就在眼前，提問者（演說者）也不需隱藏，直接就該給出一個回答。

正所謂「魔鬼藏在細節中」，提問的方式、提問的問題，要能緊扣人的心弦，而千萬不要將題目改成問句丟出來，那樣就是浪費了一個大好的機會。而且只會讓評審覺得你在說廢話。

提問，最好是把自己想要強調的觀點暫時隱藏一下，用「換句話說」的方式，將觀點用問題的方式拋出，可以達到

讓人印象深刻的效果。

舉例來說：講題為《最吸引我的一則廣告》（104 年國小組題目）若是用提問法來破題，千萬不要說「每個人都看過許多廣告，你知道哪一則廣告最吸引我嗎？」這就是廢話一句了，還可惜了一個驚天動地破題的好機會。

你可以換成這樣說：「許多人印象中的廣告都是強力推銷各種產品，不論你是否真的需要，他們想盡辦法在廣告中告訴觀眾，你們會想要這產品。你看過不推銷產品的廣告嗎？我看過。而那則廣告也成為最吸引我的一則廣告」。

前述兩段例句都是用自問自答的設問法來陳述，但是後面這段陳述比前一段更吸引人，成為一個讓人眼睛一亮，感到有興趣往下聽的開頭。

四、平鋪直敘

看到「平鋪直敘」四字，有人會覺得，那是最無聊的；其實未必。

雖然是平鋪直敘，但可以用一段對話、描述一個畫面、形容一陣聲音或氣味等作為開頭。如：

轟隆隆的火車經過月臺的震動聲、夾雜著幾段高昂的氣笛聲、月台上熙來攘往、急著尋找車班、行李、或走散的同行親朋好友，彼此叫喚的聲音，都成了一段默劇的背景。那段默劇，逐漸佔據了所有的嘈雜空間，我開始聽不清周遭的聲音，只剩下默劇中的心跳；我被「緊張」牢牢抓進了暗啞的深淵。（講題為《克服緊張的方法》的開頭）

上面所敘述的，也就是「平鋪直敘」法，但是這段話語，會讓人想要繼續聽下去，一點也不覺得乏味。

總結上面介紹的「如何破題」，所謂破題，不只是破解題目，而有打開題目、打開話題之意。

用名言破題是常有的，但是名言的出處，上下文的意思，還是必須充分了解，以免誤用名言，讓識者貽笑大方。

除了用名言破題，佳言美句也是不錯的選擇，但切記不

要拾人牙慧，用前幾年選手所用的優美句子，會被人指為抄襲喔！不如自己創造吧，保證沒有人用過；佳言美句最好能夠押韻或符合節奏，讓人更是回味。

另外，有些人會用整首詩、或整首詞當作破題，建議最好省略引用就好，除那首詩或那闋詞不長、整首都符合你想陳述的主題，否則容易讓人覺得你在拖延時間。節略舉出一段詩或詞，可以點出意境即可，有時候過猶不及，就是指不節略而整首詩詞從頭背到尾（如果一字不漏也還好，如果不小心漏了兩句或背錯了，豈不更糗？）

有一種破題法是用對話來呈現，用得好也能吸引人。但是太突兀的問句卻不適合，因為聽眾不是讀者，沒有辦法回頭再去重看一遍，體會「突兀的對話」中，作者苦心安排的趣味。

有時破題會用疑問句，用問題來引起聽眾的興趣，但還是老話一句：「自問，要記得自答」。

禁忌　用爛了的故事，請創新

許多人習慣用學校課堂上聽到的事例、或是目前最火紅流行的事例作為故事或論點的鋪陳。小學生喜歡用愛迪生發明電燈、或海倫凱勒克服殘疾向學；若國中生講到「臺灣之光」，則脫離不了陳樹菊、王建民、陳偉殷、齊柏林……這些人物和例子是非常貼切沒錯；但假設你是評審老師，前年聽了陳樹菊、王建民、陳偉殷、齊柏林、去年聽了齊柏林、王建民、陳偉殷、陳樹菊，今年又聽到王建民、齊柏林、陳樹菊、陳偉殷，你做何感想？如果不幸的五號選手才講過王建民、陳偉殷、八號選手又講了陳樹菊、齊柏林，身為十二號的你，要再提起上述諸人的故事；你覺得評審的興趣有多高？在聽完你這第十二號的演說之後，評審又接著聽了另外十六個人的演說，你覺得評審還會記得你的機率有多大？好的，現在到了最現實的問題了：當評審要拔取前六名佼佼者時，你的勝算剩下多少？

所以，別人用爛了的、唾手可及的、不必用心做功課、大家已經被主流閱聽媒體多次轟炸過的故事，請不要引用；除非，你能有出人意表的解讀。

禁忌 不批評題目

即席演說以抽題為比賽方式，是一種命題演說，但題目並非演說者自訂。所以，難免會有抽到的題目與演說者自身條件、客觀情況格格不入的時候。就有如一個大男生抽到《我對百貨公司周年慶的看法》這樣的題目；我並非有性別歧視，只是以一般男生而言，對「百貨公司周年慶」的敏感度相對是偏低的，甚至有些人不清楚到底百貨公司周年慶代表什麼意義？不過就是販賣商品的集散地而已嗎？不清楚的人，還是以男性居多。但是，抽到這樣的題目，就算你是從不關心百貨公司到底舉辦了什麼活動的人，也要對這議題發表演說。

於是，就有些選手開始在演說中臧否題目，甚至批評題目出得不好、批評題目表述有誤等，讓人尷尬的情形出現。

因為評審只能做聽眾，無法當場與演說者進行辯論，所以就算出題者設計這個題目別有用意，也是有口難言啊！深感你誤解評審用心，又深覺你的見解失之偏頗，只好把有口難言的哀怨反映在你的演說分數上囉！

禁忌　不要把強烈的政治或宗教信仰批判放進演說中

每個人都有自己的處世信念，自然也會有好惡，對於政治紛爭或宗教信仰，最好不要批評。畢竟你不曉得台下的評審政治信念為何？宗教信仰又是什麼？甚至於台下有四位評審，也許你的評論順了姑心卻逆了嫂意；最好的方式，是不加評論，如果演說主題真的需要牽扯到政治或宗教，也要來個「平衡報導」，記得如果討論了某政策的缺點、也要提一提同一政策的優點。

一件事總有正反兩面，提到正面，也會有待改進的負面；同樣的，在提及某政黨、某政策或某宗教、某教義時，請懷抱尊重、謹慎處理。畢竟，話出口就收不回來了，而在演說比賽場，有支錄影機正鎖定紀錄了演說者的言行，比賽後，這些紀錄都會被製成光碟永留存呢！

在演說主題中容易觸及政治或宗教議題的，以社會組居多。社會組的題目包羅萬象，以社會普遍議題、新聞重大事件為主，社會組的比賽選手也來自四面八方，每個人各有不同的人生歷練，甚至於年齡層也差距

甚大，從十八歲的大學生到七十歲的退休人士都涵括在內，所以有時抽到的演說題目依個人的閱歷，會有迥然不同的體會。

105 年有一題《老年讀書如台上玩月》，乍看之下只有老年人才能體會這一題目的要旨，其實這一題出自張潮的《幽夢影》，原文是：「少年讀書如隙中窺月、中年讀書如庭中望月，老年讀書如台上玩月。」指的是不同年齡有不同的讀書體驗。像這樣的題目，需要一些基本的國學修養，需要日常多涉獵各種文體、閱讀面向也要廣泛些，否則就會「卡」住了。試想，如果一個年輕小夥子抽到這樣的題目，總不能上台說句：「我才二十出頭，談不上老，所以不知道老年人讀書的況味」，就此下台。那就可惜了。就算是年輕人，如果能用原文來解題，就會發現有許多可以著墨的點，可以從自身經歷做出發點，覺得想讀的書很多、時間卻有限，每本書的主題都不同、樣樣都有趣，讓人覺得無法取捨。也可以從周遭的人有不同年齡層、所讀的書、感興趣的主題不同、讀書的態度也不一樣去做分析。這種種面向都是可以發揮的好題材。

小撇步　適時引用數據或冷知識頗能吸引人

道理人人會講，如何服人是關鍵。演說個個吸睛，讓人印象深刻是高明。

在準備演說材料的過程中，可以記錄一些數據，有時，文辭的表達不如數據精準，也不如數據壯觀。

舉例來說：環保議題中，有個讓人驚駭的事實，那就是全世界最大的海洋、太平洋中間，形成了一個巨大的塑膠漩渦，根據遇到的船員形容，海面下肉眼可見的塑膠漩渦，船在海面上走了三天三夜才走完。

如果把數據放進去：海洋科學家調查發現，有一億噸塑膠垃圾留在太平洋中間，它的面積是兩個美國大小。兩個美國大小到底是多大呢？美國國土面積約九百六十二萬方公里，一個美國是臺灣面積的二百六十九倍；而太平洋上的塑膠垃圾漩渦就是一千九百二十四萬方公里，等於五百三十八個臺灣的面積。

用數據來說話，就能讓人產生震撼的感受，

「五百三十八個臺灣」和「廣大的」做比較，震撼感於焉產生。

同樣的，有些冷知識其實蠻有趣，也能讓人印象深刻、進而引起共鳴。

如105年全國賽的題目中，三十個題目裡，有《我》字的題目就佔了十五個；整整二分之一，題目直接點明了「我」的經驗和感想；而另外的二分之一題目，也是圍繞著「我」在日常生活中遇見的人、事、物打轉。

由此可見，小學生準備演說比賽，最要緊的是了解自己，把自己的裡裡外外好好檢視一遍。筆者建議不妨先讓小學生練習用簡答題的方式回答一輪所有關於「我」的問題，再從每個回答的關鍵詞中去引申出一篇篇生活小故事；最後教學生將這些小故事組合變化，串聯成一篇演說稿。當然，在串聯的過程中，要建立起主要陳述的論點或故事所要表達的意涵，也就是所謂的建立中心思想，串聯小故事，並不是一次就能成功，經過數次嘗試與取捨、增刪，演說者自然就能建立起自己的演說稿產生流程了。

如果真的抽到「沒經驗」的題目呢？那就要懂得「借用別人的經驗」。

例如有一題是《遊樂園冒險記》（105年國小組題目），如果小選手沒去過遊樂園怎麼辦呢？（當然先看了本書的讀者，快快去遊樂園實際體會一番吧！）只好借用同學朋友甚至哥哥姊姊的經驗囉！總不能一上台就說：「我的演說題目是遊樂園冒險記，但是我沒去過遊樂園，當然也談不上什麼冒險；所以我改說補習班冒險記……」這可就離題啦！

想像力很重要，但想像力也應有所本、想像的情境是有脈絡可循的，才不會跳躍到不知所云。小學生要能發揮想像力，會讓人眼睛一亮。

例如有一題是《漫談三十年後的我》，年僅十一、二歲的小學生，大都無法體會「三十年」的感覺，這就需要想像力大發揮了。但是在想像之前，要先有個參考點，今年十二歲的小學生，三十年後應該是四十二歲，四十二歲的年紀，在我們生活周遭是那些人呢？小學生可以想到，自己的父母親也許就是這個年紀，自己的老師呢？或是親戚中的叔伯阿姨？先以此為參考點，想一想這個年齡層的大人們都面臨了什麼？都在忙些什麼？大致就可以得出一個輪廓。再用自己的想像力，設想一下三十年後的生活會有什麼科學上的變化？就像二十年前沒有人知道智慧手機可以取代電腦、並且普及到人手一機；三十年後的食衣住行交通通訊可能也會有了大翻轉。用想像力把科技進步改變的生活樣貌、結合到成年的自己身上，就是有脈絡可循的想像。在描述過程中，可以把自己的想像變成一幕幕圖像或類似卡通的漫畫，這樣不但方便記憶，也能敘述得生動有條理。

六、字正腔圓很重要

既然參加的是國語演說比賽，就該把國語說標準。

有句俗話說：「演什麼要像什麼。」同樣道理，參加哪一種比賽，都該遵照那項比賽的規則，別自作聰明的把比賽

規則曲解了。我常聽見選手在國語文的演說比賽時摻雜英文，甚至是英文縮寫簡稱；也曾經遇見選手自作聰明帶了一朵玫瑰花，打算演說開頭拿那朵玫瑰花當道具；這些舉動，都不能幫你加分，甚至成了扣分的因素。

「國語」演說，就是用中華民國政府教育部頒定的「國語」來演說。既不是網路通行的火星文，也不是家常閒聊時的搞怪聲調，至於古音、方言音、有學派爭論的字音，也不要拿來挑戰評審的權威，一切發音以教育部頒定的電子字典為準，否則只是跟自己的比賽成績過不去。演什麼、要像什麼，既然參加人家教育部主辦的比賽，就該用主辦單位認可的方式；比賽選手切忌自行定義或想要與評審辯論，贏了不會加分，輸了只是自己打臉難看。

演說，著重在說。「演」字是形容「說」，不能帶道具上台；甚至於進入規定的比賽場，連電子產品、網路設備都不能帶進場，更遑論使用搜尋引擎或投影、影片一類工具了。這是和 TED 或坊間電視節目演說達人秀等等最大不同處，坊間電視節目為求節目效果，甚至容許演說者與觀眾互動、問答、應和；這些在正規的演說比賽中都是不允許的。

有些人覺得這樣規定太嚴苛、不符合時代潮流；我個人倒覺得這才是最公平的比賽，大家都只能依靠自己平日的準備應戰，不靠谷歌大神或其他外來援奧，觀眾更不能左右演說者的表現。

再回過頭討論為何不能用引用英文或其他方言、外國語文等非國語的語彙？

因為國語的發展非常成熟，基本上外來語會都有相對應的翻譯，如 i-Phone，國語叫做「蘋果牌手機」，Microsoft-Word，國語叫作「微軟文書處理系統」；除非像李安導演的大戲「少年 PI 的奇幻漂流」，真的非常特例、沒有把 PI 翻譯成國語，才可以講「PI」，其他基本上有國語對應翻譯的語詞，就不要再用英文來說。至於其他語系如閩語、客語演說比賽，因為外來語並未完全轉化，許多只是借用音譯，就沒有這麼嚴格的限制了。

也曾有選手問我，如果演說中間穿插了一段老阿嬤的對話，難道要把生動的臺灣國語轉成字正腔圓的口條嗎？這倒不必，適時適切很重要，如果是在演說中重現某一特定人物

對話，該用臺灣國語的，就用臺灣國語，但內容比例一定要掌控好，畫龍點睛的一兩句會讓人印象深刻又不失大雅，用多了卻不討喜。

總而言之，參加的是國語演說比賽，就請用完整的口型、一字一句發標準國語的音，好好地進行你的演說吧，這樣，才能讓人眼睛為之一亮，知道你是認真的，不是充數的。

國語演說的一大挑戰，在於它的「無差別格鬥」；從國小組一路上去，到社會組與教師組，一律抽題、準備三十分鐘後，上台演說。

至於所抽的題目方向？基本上橫跨天南地北、縱貫古今中外，沒有一定的題材方向，也不會有任何參考範圍可言。甚至於，高中組演說還會冒出一句古文作為題目，例如：《無友不如己者》。怎麼辦呢？其實，還是有相應的準備方法。

分析歷年的考古題是基本功課，但是每一年，都會有新題目產生，所以只研究歷年考古題是不夠的。但是從分析歷年考古題目，可以讓選手在準備的過程中，有一定的把握和信心，所以，在練習基本功的準備中，有些內容方向一定要準備周詳。

以下列出基本的準備項目：

我最敬佩的一個人

我最喜歡的一本書

我印象最深刻的一堂課

我印象最深刻的一次校外教學

我的好朋友

我最喜歡的一首歌

我最喜歡的一部電影

我印象最深刻的一則廣告

我的知己

我的座右銘

我的家鄉

我的學校

我們這一班

這一次、我終於做到了

也許你已經發現：這些題目都用「我」作為開頭；是的，演說是發抒自己的觀點、陳述自己的見聞、發抒自己的感思，其中就算博採眾人的意見之後，仍是彙整成自己的觀點，所以，演說常從「我」出發。但是，「我」有小我大我之分，層次是很重要的，眼光遠大，立論自然能成其大我，也才能讓聽眾有所感佩。

其次，人人都愛聽故事、不愛聽說教，想一想，台下的評審之所以能擔任評審，無一不是學有專精的箇中翹楚，平時想必也是對著其他學生諄諄教誨吧！

「講道理」對台下評審來說，可是家常便飯，演說的選手們又怎好在魯班門前弄大斧呢？你自以為完美、無懈可擊的講道理，在評審老師們面前，可能卻是掛一漏萬、破綻處處呢。最好的方式，是「說故事」。即席演說從國小組的五分鐘到教師組的八分鐘，真的也不構成其一篇駢四儷六、四平八穩的論文，最好還是用兩個小故事來串連一個與題目相

關聯的概念，只陳述一個概念就好，故事不妨帶得生動些，這篇即席演說就能引人入勝了。

小撇步　中繼必須有理，立論貴精不在多

因為選手們常孜孜矻矻的練習著一篇又一篇的題目，所以一定累積了許多的觀點和故事，但是，比賽時只能說一題啊！於是有些人會迫不急待地在演說時間內塞滿了先前準備的段落，拋出一個又一個主題急著想要展示給評審老師看。其實，一次塞進太多的內容在一篇演說中，是演說的大忌，它會模糊了所要陳述的主題，甚至於讓聽的人一頭霧水，不確定你說的到底是哪一項？大雜燴的結果是讓人覺得離題了。

「離題」是個可怕的字眼，它意味著，你的演說已被摒除在評比之外，「離題視同表演、不予計分。」想想，這豈不是得不償失嗎？

所以，選手在演說時要抱定一個想法：

我的東西很多，我的演說可以多面向、全方位，但是今天抽到的是這個題目，所以我單就這個題目來述說；如果你覺得我的演說很吸引人、想要聽我講其他的故事，就請下次囉！

小撇步 結尾要有力又漂亮，適切引用名言是加分的契機

通常演說在最後一分鐘通知鈴聲響起前後，要準備做結尾了。

有些人習慣把前面各段的演說標題再複述一次，以加深評審的印象，也算是扣題；有些人則直接再複述一次題目，告訴評審：我現在回到原題目。最等而下之的，則是又從題目開了新論點，以為這是出奇招的「壓箱底絕活兒」；其實奉勸大家，結尾是總結以上所述，並非開新論點的好時機，如果你有讓人亮眼的「尚方寶劍」，請一開始就放進你的演說內容中。曾經有學生告訴我，他常常在演說到了快結束時，會有新的想法跑出

來，覺得不用可惜，就順勢提了出來，成了結尾的新觀點。我會跟學生說，那就請你把剛剛想到的新觀點再組合一次，重頭練習整篇演說，務必把你想要講的放在演說「之中」，而不是在結尾時突然天外飛來一筆，卻又因為時間不夠，無法詳細闡述而讓人覺得奇怪。

想要有漂亮的結尾需要多練習，適切的引用名言佳句固然加分，但如果只是「為引用而引用」，佳句與前面所講述的內容不貼合，則反成敗筆，倒不如平鋪直敘來的好些。

第四章
微笑上台，也要開心下台

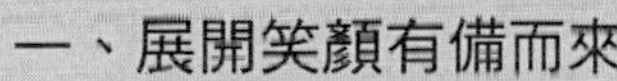

一、展開笑顏有備而來

二、信心滿載歡喜賦歸

一、展開笑顏有備而來

即席演講是在短暫的準備時間內，全盤收攏自己的思想，並將其融入後發表談話。沒有事前準備講稿，沒有現成為你提供任何的材料，完全憑藉著自己的人生閱歷、儲備的知識與才能，現場即興抒發自己對講題的思想、觀點看法和理論。全國語文競賽演說各組均採即席演說的方式，於上台的三十分鐘前抽題，是以準備的愈完整，上台前的心情也會相較的穩定。

小撇步 正常的飲食與作息

短時間的比賽能夠正常穩定的發揮，將是左右成敗的關鍵所在，個人的身心狀態更直接的影響你在賽場上的表現。為了避免賽場上的萬一，要時時提醒自己注意自身的狀況。如某些縣市為了符合學生選手的期待，比賽當天選擇的早餐以速食合併清涼的飲料。而這正犯了演講的大忌，先前養身、養聲的過程，將毀於一個單

純的早餐上，冰冷的飲品如果導致聲音無法順暢的發揮，將會讓你後悔不及，所以寧可當下拒絕某些食物，等拿下好成績後再來慶祝，滋味更美好。筆者於國賽前會調整自己的飲食，除以清淡為主，去辣、去油、去冰更要「棄想」，所謂「棄想」是讓自己能夠減少對某些食物的慾望，終究離開自己居住的縣市前往國賽承辦的縣市出賽，每個人的飲食習慣都不相同，無法為每個選手量身訂作，筆者多會帶著家鄉的土司迎戰，除了減少肚皮的適應，也多了一些解鄉愁的味道。

另一個重點就是維持正常的作息。孩子們一上車就會很自然的打成一片，完全忘記了自己此行的目的，如果再加上一路伴唱的加持、吶喊，不止傷聲，整個賽前的調整也都枉然，我們相信只有堅持到最後才能取得好成效，上台前的心情也會相較的穩定。

二、信心滿載歡喜賦歸

我常跟選手們說，比賽名次是一回事，開心比名次重要；但若是真的能微笑上台、開心的下台，通常名次也不會太差。

因為國賽資格取得不易，參賽選手都是各縣市比賽的第一名（人口眾多的直轄市——六都，都分南北區，南北區各派一名選手，也還是六都南、北區的第一名），所以競爭相當激烈。於是，國賽評分準則不是指評判出前六名即可，而是要將選手們排列名次，從第一名排到第二十八名，分數不得重複，名次也必分順序。為求分數確實，每一組別都邀請四位評審，四個分數是可以整除的，就是為了評分無疑義。

全國語文競賽分三種獎狀，第一種獎狀叫做「參賽證明」；第二種獎狀是得分超過八十分、但未達到前六名者，給予「榮譽狀」（嘉勉表現良好之意）；第三種獎狀就是前六名啦！

第六名以降，雖然名次並未公布，但是用名次換算而成的積分，卻可以查得到。積分一覽表會由大會直接公布在比賽網站上，各縣市領隊用專用的帳號密碼即可查詢得到；因為各項

比賽的積分，會成為各縣市的總積分，最後還有團體積分獎。

微笑上台是因為準備充分、胸有成竹，很清楚自己要演說的是什麼；等到講完之後，因為對自己的表現感到滿意，自己做了一段讓人印象深刻的演說、任務圓滿完成，所以能開心的下台。

要想達到「微笑上台、開心下台」的結果，「勤練習」是不二法門。你覺得練多少才算「勤」？就筆者所知，有的選手連續參賽兩、三年，每天都在練。所以，當你認為自己夠勤奮的時候，想想有人比你還認真練習，就不會怠惰了。

小撇步　詳閱比賽規則很重要

全國語文競賽從初賽、區賽、市賽到全國賽，一路上來，最後能擠身進入全國賽的選手，莫不身經百戰；許多老師也是一年一年教導著選手，大家都對比賽規則熟爛於胸，所以，比賽前領到一本「選手參賽手

冊」，也多是匆匆放進行囊中，以茲紀念罷了。

殊不知，魔鬼藏在細節中。可千萬不要因為自己經過多次比賽、也有多次的練習、再加上記不清次數的檢討；所以不用再浪費時間複習規則了。規則雖然每年大同小異，但這些小小的相異、修改處，就可能成為是否進到前六名、能否獲得更高榮譽的關鍵!就算比賽規則沒有改變，多看一次，加強提醒自己，也總是好的。

每當選手們剛報到完畢，進入選手休息室等待時，因著興奮的情緒，坐立不安、四處探索者有之；忙著寒暄、到各處串門子的亦有之；埋頭忙著賽前衝刺、不停練習者亦所在多有；在這樣喧擾吵雜的氛圍中，要想定下心神需要花費很大的精神力氣；而即席演說選手是最無所依憑的，既沒有範文可讀、也沒有範字可練，更沒有講稿可背；看來最無所事事的一群，就是這些即席演說的選手了。但是他們卻需要一個能安定心神的契機，除了禱告念佛之外，**最好的由外而內安定心神的方法，就是「閱讀選手參賽手冊」**了。

當你一字一句讀著比賽規則與注意事項時，如果

某一段話唸完了還是覺得囫圇吞棗、不解其意，不妨停下來，回頭去唸第二遍、第三遍；這對了解比賽規則的用意、鎮定自己的心神，都有莫大助益。常常，惶惶然深受周圍興奮的賀爾蒙刺激的年輕選手們，在唸完選手參賽手冊之後，就能初步鎮定下來；這比指導老師辛苦解說引導還容易讓選手進入狀況。

小撇步　到了比賽那一刻，莫忘初衷

比賽前的種種煎熬、一次次練習、一篇篇筆記、都是為了上台那一刻而準備。緊張固然難免，但是若平時準備充分、練習夠多，自能沖淡緊張。帶著你的「秘笈」、穿上你的「戰袍」、整理好自己的儀態，昂首闊步走進比賽場吧！自信很重要、氣勢很重要，自信與氣勢不但建立在先前的練習之上，也建立在對自己的了解之上。回頭想想當初是怎樣的因緣際會踏上這條國賽之路？現在，就要到達國賽的殿堂，正是展現自己的最好時機，莫忘初衷，大步向前！

附　錄

民國103-105年全國語文競賽各組國語演說題目

一、國小組

二、國中組

三、高中組

四、社會組

五、教育院校學生組

六、教師組

一、國小組

103年	104年	105年
我最想做的一件事	我對環保的認識	讓我後悔的一件事
比讀書更重要的事	幫助別人的喜悅	早餐時分
難忘的校外教學	我最頭疼的科目	屬於我的電視節目
我心目中的臺灣之光	放假天	我的新體驗
我從同學身上學到的事	做家事的經驗	如何成為別人的好朋友
不一樣的一堂課	地震發生時	我心目中的英雄
圖書館與我	克服緊張的方法	大自然給我的智慧
考試前後	最吸引我的一則廣告	我最喜歡的遊戲
我想推薦的一本好書	我最煩惱的事	我最期待的一件事
一部電影的啟示	捨不得丟掉的玩具	一次難忘的經驗
我的休閒活動	我最羨慕的人	我班上有他真好
我有一個夢想	如果我有一件隱身衣	最有意義的一件事
我最糗的一件事	我最喜歡的節日	我喜歡自己
團隊合作樂趣多	友誼的可貴	夢想中的校園
意外的生日禮物	照鏡子	放假日

103年	104年	105年
一個小學生的夢想	我的營養早餐	放學時光
做個懂事明理的孩子	一位我最敬佩的古代人物	我最喜歡的一則廣告
如何結交益友	談談「水」的種種	這次我勇敢嘗試了
讀書的樂趣	我喜愛的一個童話	學會照顧自己
最幸福的人	怎樣運用辭典來讀好國語	逛市場
我最敬佩的偉人	說一說臺灣的好水果	當暑假來臨時
游泳與我	小學生怎樣維護自己的安全	完成不可能的任務
我最開心的一件事	我最愛的一個國字	導護媽媽
成長的喜悅	我為何參加語文競賽	我最喜歡聽的故事
如何跟同學愉快相處	誰是我心中的正義使者	讓我教一節課
我最喜歡的唐詩	如何跟同學們平和相處	難忘的一處風景
幫忙做家事	我最喜愛的一種花	下雨天
小學生該不該使用手機	漫談三十年後的我	最有趣的一件事
孝順的重要	「火」的聯想	我最喜歡的遊戲
如何「說好話」	印象最深刻的一句格言	遊樂園冒險記

二、國中組

103年	104年	105年
看看別人，想想自己	我對能源危機的看法	難忘的身影
生命的跑道	欣賞別人	最美麗的畫面
掌聲響起時	國中生不能錯過的生活體驗	便利商店
我的快樂方程式	我最想去旅遊的地方	上學的時刻
擁抱青春揮灑熱情	挑戰自我	一件撼動人心的事
流淚不如流汗	網路改變世界	一次意外的收穫
影響我最深的一個人	運動的精神	我終於明白他(他)的感受
我終於戰勝了自己	我的情緒管理	美夢成真
我對追求流行的看法	認識多元文化	節約能源，從生活中做起
學習與思考	成長的煩惱	我有話要對你說，朋友
朋友像是一本好書	我的讀書方法	意外的發現
欣賞就是快樂	分享的快樂	我最拿手的一件事
我喜愛的校園一角	我最喜愛的一首歌	分享愛讓社會更美好

103年	104年	105年
我心目中的大人物	廣告的趣味	翻開書頁之後
在寧靜中看到不一樣的自己	深度的閱讀	善用時間的人
如何運用零碎時間	孤獨的感覺	從大自然中我學到……
多多替別人設想	我常常思考的一件事	如何創造生活中的新感覺
我最喜愛吃的水果	談「己所不欲，勿施於人」	雨的聯想
從一則時事談起	我所認識的孔子	未來的想像
迎向光明積極的人生	信用的重要	古厝
國中生該讀什麼課外書	國中生要如何控制壞脾氣	選擇
臺灣最美的地方	動手動腦，解決困難	臺灣的溫暖
說說我的抱負	我最愛讀的一篇國文課文	等待
我為什麼參加演說比賽	怎樣愛惜紙張	傘下風情
我最喜愛的一部影片	如何培養責任心和榮譽感	徜徉戶外
一本感動我的好書	從容不迫的生活態度	燈海

103年	104年	105年
生活中最有意義的事	國中學生最要緊的一件事	尋幽訪勝
一次難忘的旅行	當我煩悶的時候	夢想的階梯
我所認識的古蹟	人人都應該讀的一本書	最美麗的身影
每當颱風來的時候	人生不可以放棄理想	觀察與實作

三、高中組

103年	104年	105年
愛是生命的泉源	改變世界的力量	在心中種下自己的夢想
幸福的滋味	天涯若比鄰的現代思維	手機讓世界安靜下來後
在困難事件中，我所體會的人生價值	我理想的大學生活	為何總在憾事發生後才檢討
我對「臉書」的看法	微笑的力量	犧牲享受，享受犧牲
安靜的力量	改變我的一本書	我對「好朋友」的定義

103年	104年	105年
我如何面對困境	站在巨人的肩膀上	孝順是一生都要實踐的功課
四季與人生	從挫折中學習	有愛無礙
我最欣賞的公眾人物	傾聽內心的聲音	平安，健康，快樂
在黑暗中看到陽光	臺灣最美的風景	介紹一部溫馨的臺灣電影
一輩子珍貴的親情	高中生應有的國際觀	高中生活的美麗與哀愁
旅行讓我擁有跨界視野	用服務改變人生	我所認為的「大人物」
多想說聲：「我愛您」	我最欣賞的歷史人物	窗外有藍天
分享，讓我的生命更有意義	與成功有約	對自己說一聲加油
有所為與有所不為	做情緒的主人	只要翻轉，就有希望
人生考場無所不在	圍牆外的課堂	學習的理由
談溝通	我看現今的高中校園文化	我的渴望
說真話做實事	網路世代之我見	改變的力量
勇氣	讚賞與嫉妒	活出自己的特色
最難跨越的障礙	夢想與實現	生命的動能

103年	104年	105年
小人物也有大力量	珍惜生命	我的世代夢
我想要的未來	我認為高中生最應具備的能力	理性與感性
搭建自己的人生舞台	談高中生的時間管理	自己作主
生命中最美的風景	一次最有成就感的經驗	旅行的意義
曾經激勵我的一段話	一位讓我印象最深刻的老師	我看網路時代
一定要培養的好習慣	如何面對升學壓力	教室以外的學習
突破生命的困境	如何行銷我自己	拒絕的勇氣
挫折讓我更勇敢	知足與感恩	最美好的時刻
曾經讓我耿耿於懷的一件事	當我徬徨無依的時候	為人生留下紀錄
站在生命轉彎處	不設限的人生	用愛看世界
高中生活的美麗與苦澀	生命中有貴人	我最欣賞的生活態度

四、社會組

103年	104年	105年
冷漠與關懷	我看當今文明社會的壓力	小確幸與大志氣
經濟掛帥的代價	站在美食王國談食安問題	做個有品格有品味的現代人
放手的智慧	責任與擔當	永不嫌遲的學習之旅
老祖宗的智慧	從臺灣的低生育率談起	遇見最棒的自己
一窩蜂的反思	從銀髮族看臺灣的新挑戰	平凡中的偉大
開放課程對當代教育的影響	臺灣需要怎麼樣的國際觀	我的鄉土情與國際觀
大數據時代來臨對生活的影響	最有價值的投資	家事國事天下事，事事關心
智慧型手機帶來的社會變革	我對新聞媒體的期望	美德與善行
讓老年人成為社會的資產	臺灣社會需要深思的現象	生活的智慧
我對打工度假的觀察	百年老店與文創產業	對媒體自律的建言
我對選舉亂象的看法	為人生創造更多的可能	換個角度就是贏家

103年	104年	105年
誠信之道	大膽走出去、世界走進來	化危機為轉機
群眾運動之我見	當少子化浪潮遇上高齡化社會	我看機器人時代的來臨
我對「愛臺灣」的詮釋	網路世界面面觀	社會暴力事件帶來的省思與作為
我心目中的理想社會圖像	現代人的生存煩惱與隱憂	我的人生價值觀
從一個名人的公益行動談起……	追求心靈的桃花源	榮譽感與虛榮心
享受人生	最好的時光	網路科技發展對社會風氣的影響
把「老有所終」化為實際行動	惜緣惜福惜物惜情	創造力與競爭力
我對高中入學方式的建言	人際溝通與說話的藝術	我對終身教育的看法
民主的真諦與法治的精神	社會事件之所見所聞所思所感	如何培養幽默感
科技蓬勃發展的得與失	愛臺灣從何做起	如何營造健康快樂的人生
高房價現象的多元省思	知足常樂、無慾則剛	如何增進族群和諧

103年	104年	105年
名牌效應與社會風氣	工作與生活的平衡	老年讀書如台上玩月
我對提升臺灣競爭力的看法	我的人生導師	蝸牛角上爭何事
談談強化「國際觀」的具體行動	生命中最有價值的事	貝殼裡面的沙子與珍珠
為年輕人許一個美好的未來	命運與運命	愛的力量
文化認同與族群和諧	快樂何處尋	培養好習慣
寬容與姑息	工作與生活的平衡	談自信與謙虛
扮演好自己的角色	身心安頓與激發勇氣	影響我最深的人
用人的智慧	如何面對危機與挑戰	一份特別的禮物

五、教育院校學生組

103年	104年	105年
規劃我的人生藍圖	從一句教育格言談起	微笑具有強大的力量
為臺灣的教育把脈	我的教育夢	勇敢的站出來為正義發聲

103年	104年	105年
哭泣後勇敢向前行	在對錯之外思考	我對尊重多元性別的看法
未來，永遠值得期待	獨學而無友	大學讓我學到什麼?
珍惜大自然	掌握閱讀，就會幸福	生命中最動人的大愛
社群網站的力量與影響	我最欣賞的教育家	彎腰俯拾皆是美
教育的初心就是愛	未來教育新思維	欣賞與批判
飛揚的青春	故事的力量	從一部電影談起
堅持與放棄	翻轉教室新風景	盡信書不如無書
大學生的國際視野	現代教師應有的社會責任	極端氣候來臨，我們怎麼做
閱讀力就是國力	競爭力在窗外	為孝順的人喝采
我永遠不會放棄的理想	創造自己的價值	面對多元文化應有的態度
我心目中的教師形象	學歷與學習力	站上講台之前
美，無所不在	教育應該不一樣	我的堅持
在平凡中看見生命的大愛	我的吸引力法則	談熱情
做自己生命的建築師	我對生命教育的看法	臺灣當前最需要的力量
常迴響在心中的一段話	網路世代對教育的影響	我看當代青少年的誘惑

103年	104年	105年
大學生的社會責任	欣賞別人　肯定自己	關懷與溝通
向外國朋友推薦臺灣	談大學養成教育的重要性	創造教育的新價值
讓臺灣走出去，世界走進來	如何面對批評	我看青少年的流行文化
魔鬼藏在細節裡	我對學生打工的看法	我眼中的臺灣
教室以外的天空	青春不留白	人生中最好的禮物
態度決定一切	我對「低頭族」現象的看法	如果我是偏鄉學校的老師
付出才能傑出	一次印象深刻的體驗活動	改變教育，從我開始
成功的條件	未來在職場上，如何發揮我的影響力	談教師的情緒管理
處理衝突的智慧	生活中的藝術	提起與放下
感謝生命中的貴人	現今的一些社會現象給我的省思	課本以外的學習
站在巨人的肩膀上	談修己愛人	千里馬與伯樂
第一和唯一	我認為現今大學生應有的視野	面對少子化的教育省思
想要和需要	親情、友情與愛情	競爭讓我們學會什麼

六、教師組

103年	104年	105年
我對多元入學的看法	正向思考的力量	師生是彼此的貴人
談談如何維護教師權益	做孩子的典範	擁抱熱情，用心經營
如何提升學生的聆聽能力	變通的智慧	教師專業與敬業
談談新世代的教育觀	如何啟發學生的創造思考力	孩子，你可以不一樣
「少子化」對教育的影響	用寬廣的心看下一代	如何培養新世代學子的人文素養
如何教導學生遠離毒品危害	創造學生的多元價值	談「適性揚才」的教育觀
談談如何激發學生創意	數位教育下的新教學	陪伴與放手
我的語文教學觀	從少子化趨勢談起	成就每一個孩子
如何營造積極進取的班級氣氛	建立親師生三贏的教育榮景	多元社會中教師的形象與責任
我的閱讀教育理念	談教師的負擔與擔當	談閱讀力就是競爭力
談談怎麼提升教師的專業素養	我如何「以學定教」	社會亂象中如何培養學生慎思明辨的能力

103年	104年	105年
學科知識與教學效能	紙筆之外的教學評量	如何教導學生情緒管理與尊重他人
如何教導學生認識網路的陷阱	課業以外的關懷	提升學生語文程度的妙方
我對教師評鑑的意見	我的教學魔法	多元智慧與多元評量
談談如何增進學生的「國際觀」	相信，帶來力量	我的教學省思與成長
我對國中會考與特招制度的看法	談教學的熱忱與影響力	如何培養學生國際觀
近年教育改革行動中的得與失	教師生涯甘苦談	如何引導學生進行生涯規劃
「校園倫理」之我見	師者，傳什麼道?解什麼惑?	如何培養學生批判思考能力
如何引導學生避免傳媒的負面影響	孩子，我能給你一個什麼樣的世界?	如何激發學生創意思考能力
社會亂象中的教育契機	我也是「活到老，學到老」	如何幫助學生面對情緒低潮
發乎情，止乎禮	孩子難教怎麼辦?	如何與學生談生命與死亡
我對教師甄選制度的看法	淺談新生代學子的形象特質	如何與學生談網路世界的好與壞

103年	104年	105年
教科書與我	我如何「因材施教」誨人不倦?	如何與學生談社會新聞
談談如何提高學生的文化認同	親師溝通與合作	如何培養學生團隊合作能力
教改不是萬靈丹	師生共讀、教學相長的回饋與豐收	如何與學生談校園霸凌事件
創新教學的目的	學子心事知多少	如何教導學生落實環保
教師的關鍵能力	我對於十二年國教的看法	如何輔導學生升學與就業
別壞了學生的自信心	一位基層教師的心聲與建議	如何引導學生探索生命的意義
別壞了學生的想像力	給孩子「帶著走」的能力	如何培養學生自信心
別壞了學生的閱讀胃口	教師眼中的「天下父母心」	教職是工作還是理想

國家圖書館出版品預行編目(CIP) 資料

國語演說國賽潛規則 / 胡蕙文, 洪傳宗著.
-- 初版. -- 新竹縣竹北市 : 方集, 民107.04
面 ; 公分
ISBN 978-986-471-142-0 (平裝)
1.漢語 2.演說術
802.499 107003939

國語演說國賽潛規則

胡蕙文、洪傳宗 著

發 行 人：蔡佩玲
出 版 者：方集出版社股份有限公司
地 址：新竹縣竹北市臺元一街 8 號 5 樓之 7
電 話：（03）656-7336
聯絡地址：臺北市中正區重慶南路二段 51 號 5 樓
聯絡電話：（02）2351-1607
聯絡傳真：（02）2351-1549
電子郵件：service@eculture.com.tw
出版日期：2018（民 107）年 4 月 初版
定 價：新臺幣 280 元

I S B N：978-986-471-142-0（平裝）

總 經 銷：易可數位行銷股份有限公司
地 址：231新北市新店區寶橋路235巷6弄3號5樓
電 話：（02）8911-0825 傳 真：（02）8911-0801